脇役令嬢に転生しましたがシナリオ通りにはいかせません！ 2

登場人物紹介

ジョシュア

ユースグラット公爵の継嗣。ゲーム内の攻略対象の一人で、自分にも他人にも厳しい。よくシャーロットを気にかけている。

シャーロット

ルインスキー伯爵令嬢。かつてはエミリアの取り巻きだったが、前世の記憶を取り戻してからは次期生徒会長として奮闘している。

エミリア
ユースグラット公爵令嬢。かつては悪役令嬢だったが、改心して生徒会役員として活躍している。兄想いのいい妹。
セリーヌ
シモンズ王国の王女。その正体はゲーム内の攻略対象の一人で、自分が男であることは秘密になっている。悪戯好きで調子がいい。
エヴァンジェリン
ホワイトフィールド公爵令嬢。ゲーム内のライバルキャラクターである第二の悪役令嬢。セリーヌのことが大好き。
サイモン
王立学校の先生。ゲーム内の攻略対象の一人だが、今まで大きな接点がなかった。物静かで大人。
ウィルフレッド
サンサーンス王国の王子。ゲーム内のメイン攻略対象で、温和な性格。基本にこやかで愛想がいい。

脇役令嬢に転生しましたがシナリオ通りにはいかせません！ 2

目次

プロローグ　006
第一章　生徒会長は難儀なお仕事　013
第二章　隣国からの使者　044
第三章　伯爵令嬢には荷が重い　076
第四章　またもや命の危機　100
第五章　真実の行方　168
第六章　そして華麗なる結末を　194
エピローグ　226
番外編　悪役令嬢はかく語りき　242

プロローグ

――どうしてこうなった。


鏡の中で、眉間《みけん》に皺《しわ》を寄せた若い女がこちらを睨《にら》みつけている。

亜麻色の髪に、青い目。これといって特徴のない顔立ちだが、今は困惑と苦悩がない交ぜになったような表情をしている。

このままでは、眉間の皺が癖になってしまいそうだ。私は指先で眉間の皺を軽く揉んだ。


シャーロット・ルインスキー、十六歳。

王立学校に通う、これといって特徴のない伯爵令嬢――のはずだった。

私は階段から落ちた拍子に前世の記憶を取り戻し、この世界が恋愛シミュレーションゲームアプリ、『星の迷い子』の世界だと気が付いてしまう。

私の役どころは、悪役令嬢エミリア・ユースグラットに付き従う名もなきモブ。

彼女の没落と同時に、私も家ごと没落するはずだった。

だが全て思い出してしまったからには、大人しく没落などしてはいられない。

私はエミリアの取り巻きをやめ、更には子悪党である父と縁を切っても生きていけるよう、政務官を目指していた。

そのために勉学に励み、礼儀作法を学び、政務官に推薦《すいせん》してもらうため教師に依頼された生徒会の下働きを引き受けた。

それによってゲームの攻略対象である王太子ウィルフレッド・ジョイナス・サンサーンスや、その側近である公爵子息でエミリアの兄であるジョシュア・ユースグラットと接点ができてしまった。

しかし、私はあくまで裏方に徹し、ゲームキャラクターとの関わりを断って生きていくつもりだった。

ところが何の間違いか、「兄に近づくな」と嫉妬《しっと》するエミリアを更生させて懐かれてしまったり、ゲームの主人公であるアイリス・ペラムの恨みを買ってしまったりと、予想外のことが次々と起きてしまった。

人生とは何が起こるかわからないものだ。

そもそもゲームの登場人物（ですらないモブ）に生まれ変わるなんて、前世の私は考えもしなかった。

とにかくガッツと根性でゲームシナリオとは違う道を歩み始めた私だったが、前世の記憶を思い出す前の私とのあまりの変わりように、幼い頃から仕えてくれていた侍女マチルダに疑念を抱かせてしまう。そして、同じく前世の記憶を持っていたアイリスの不興を買ってしまった。

彼女はマチルダを利用して私を廃教会に呼び出し、教会に火をつけて私を殺そうとした。

エミリアの兄であるジョシュアの機転により、からくも命拾いした私は意識不明だという噂を流してアイリスを油断させた。

そしてパーティーの席上に突然現れることで彼女を動揺させ、私を殺そうとしたのが彼女であると衆人の前で証言したのだった。

それによってアイリスは罪に問われ、生涯領地から出ることが禁じられた。

こうして完全にゲームのシナリオから逃れることができた——。


それではなぜ、癖ができそうなほど眉間に皺を寄せているのか。

それはアイリスの自供を引き出すため、パーティーの席上で次期生徒会長に指名されたことに端を発する。

そもそも私は生徒会役員に指名されるにしても書記くらいでいいと言ったのだが、生徒会長の方がアイリスの動揺を誘えるからと生徒会の面々によって次期生徒会長に指名されることと相成《あいな》ったのだ。

だが、それは一時的なことで、どうせあとから正式に別の人が生徒会長に指名されるだろうと思っていた。

なぜなら私は特に後ろ盾もない伯爵令嬢で、その伯爵という実家の地位すらも今にも剥奪《はくだつ》されそうなくらい弱小貴族の生まれだったからだ。

王族は在学中に必ず生徒会長を務めるという慣例からもわかる通り、未来の貴族たちを束ねる生徒会長は実務職というより名誉職の意味合いが強い。

それを私のような木っ端《こっぱ》貴族の娘がやろうというのだから、反発は必須なのである。

子悪党の父も、私が生徒会長に指名されたことを喜ぶどころか、派閥の長である公爵の不興を買うのではないかと戦々恐々としている。

前世の記憶を取り戻して以来、初めて気が合ったなと思う今日この頃なのだ。

なので私は今日も今日とて、卒業を控えた現生徒会長の王太子に、こう嘆願する日々である。

「指名を取り消してください！」

「何がだい？」

「だから、私への次期生徒会長指名を取り消していただきたいんです！」

困った笑みを浮かべている王太子に直談判している私を見たら、父である伯爵は色を失うか羽交《はが》い絞《じ》めにしてでも私の暴挙を止めようとしたことだろう。

しかしここは王立学校の生徒会。幸いにしてあの男はいない。

私は恥も外聞もなしに、もう何度繰り返したかわからない問答を、今日も繰り返すのだった。

「そうは言ってもねぇ、もうあれだけ大々的に発表してしまったのだし、今更変更というのは……」

我が国の王太子ウィルフレッド・ジョイナス・サンサーンス殿下は、その地位に驕《おご》らず誰に対しても物腰柔らかなできたお人だ。

その彼にしつこく言い募《つの》り、貴重な時間を割《さ》かせて申し訳ないという気持ちは勿論《もちろん》ある。しかし、私としてもこればっかりは譲れないのである。

「それはそうですが、あのときの指名はペラム男爵令嬢の油断を誘うためのものでしたし、それに家格から見てもわたくしがエミリアやセリーヌを差し置いて生徒会長になるというのは、序列を乱し生徒たちに混乱を招きます！」

元悪役令嬢のエミリアは由緒正しき公爵家のご令嬢。そして女装の麗人セリーヌは、隣国シモンズ王国の王女（?）である。

私がかつてエミリアの取り巻きをしていたことからもわかる通り、この二人を差し置いて私が生徒会長になることなど普通ではありえないことだ。

自分たちをないがしろにするのかと二人が怒り出すことだって十分に考えられる、無茶苦茶な指名である。

——ところが。

「あら、あなたまだそんなことを言っているの？」

「さっさと諦めて生徒会長になればいいのに。強情だなあ」

驚いたことに、この二人もまた、私の生徒会長就任を支持しているのである。

なぜだ。一体どうしてこうなった。

「諸先生方にも承認をいただいている。次期生徒会長の人選に変更はない」

平坦な口調で言い放ったのは、エミリアの兄のジョシュアだ。ウィルフレッドに負けず劣らずきらきらしい彼は、ゲームの攻略対象の一人でもある。

夜空のような濃紺の髪に、同色の瞳。金髪碧眼《へきがん》のウィルフレッドが太陽ならば、彼はそのウィルフレッドに付き従う影だ。

その言動は冷たく切り捨てるようなものが多く、ゲームのファンからはクール担当と言われていた。

赤髪縦ロールのエミリアとは色彩こそ違えど、流石《さすが》兄妹というべきか、整った顔と切れ長の瞳がよく似ている。

「そんなぁ……」

ともかく、今の私は四面楚歌《そか》状態だった。

といっても別に弾劾されているわけではなく、むしろ生徒会長にと推薦されているのだから信頼はされているのだろうが。

泣きたくなって思わず近くにいたジョシュアを見上げると、目をそらされてしまった。

なんだか前にも、こんなことがあったような。

ともかく、この場にいる五人の中に味方は一人もいないらしい。

私はがっくりと肩を落とすと、ようやく観念してこの無謀な人事を受け入れたのだった。

「――権力が必要そうな役目は、セリーヌかエミリアが変わってくださいね」

ため息をつきながらそう言うと、私以外の四人の顔に笑みが浮かんだのだった。

第一章　生徒会長は難儀なお仕事

抵抗も虚しく、私の生徒会長生活は幕を開けた。

ジョシュアやウィルフレッドは在学こそしているものの、王太子としての公務とその付き添いでほとんど登校してくることはなくなってしまった。

なので、彼らの卒業まではまだ時間があるものの、私はすぐに生徒会長としての仕事にとりかからねばならなかった。

以前より、生徒会の仕事は手伝っていたので大体の流れは掴《つか》めてはいるが、学業と並行して進めるとなるとやはり忙しく難しい。

私が手伝いに入る前はジョシュアが一人でこの仕事量をこなしていたというのだから、感心するよりもむしろ呆れてしまう。

頑張りすぎだ。

とにかく、生徒会の仕事は一人でするようなものでは絶対にない。

実際私も、エミリアとセリーヌの力を借りて何とか生徒会を回しているというのが現状だった。

それでも、アイリスの無茶苦茶な行動に対する苦情が大量に寄せられていたことを思えば、今は驚くほど平和なのだけれど。

かつては授業をサボって好き勝手振る舞っていたエミリアも、今では生徒会書記として辣腕《らつわん》を振るっている。

公爵令嬢だけあって、その筆跡は流麗《りゅうれい》だ。

だが、彼女の仕事は通常の書記の仕事にとどまらない。

公爵令嬢としての影響力を用いての情報収集や、各方面への折衝《せっしょう》は私も舌を巻くほどだった。

以前は強引でわがままと思われた部分が、今は押しの強さとしていい風に作用している。おかげで仕事がやりやすい。

いっそ彼女が会長になった方がいいのではないかと思ってしまう日々である。

それではどうしてウィルフレッドが私を生徒会長に指名したのかというと、その理由にも見当がついている。

その理由とは、セリーヌだ。

今でこそ同じ生徒会役員として――言わば同僚としての距離を保っているエミリアとセリーヌだが、元はウィルフレッドの王太子妃の座を狙うライバル同士。

セリーヌが男で実際には王太子妃になるのが難しいとはいえ、そう簡単に打ち解けられるような間柄ではない。

だが仮にエミリアを生徒会長にしてセリーヌを副会長にすると、二人の間に明確な格差を作ることになる。

そうなれば次期王太子妃はエミリアだと宣伝しているようなものだ。

勿論、それはたとえ立場が逆であっても同じこと。

次期王太子妃にエミリアを推す保守派と、セリーヌを推す隣国との協調派はそれぞれ王族とて無視できないほどの影響力を持っている。

その両方を牽制《けんせい》するために、ウィルフレッドはあえて毒にも薬にもならない私を次期生徒会長に指名したのではないか。少なくとも私はそう睨んでいる。

実際、セリーヌが副会長ということでエミリアとの間に序列の差はあるものの、トップが私であることによってセリーヌ派とエミリア派との間の摩擦は確実に軽減している。

それは別に私が有能だからではなくて、今のバランスを崩して会長位《い》を奪うほどの利点を、どちらの陣営も見出せていないないだけなのだ。

「なんだ？　俺の顔に何かついてるか？」

無意識にセリーヌの顔を凝視してしまっていたらしい。

そのことを当人に指摘され、私ははっとした。

時刻は夕刻。

部屋の奥中央にある生徒会長用の椅子に座り、積み上げられた書類を片付けている最中だ。

どうやら私は忙しさのあまり、どうして自分がこんなことをしているのかということに意識を飛ばしていたらしい。

「いえ、なんでも」

否定したのに、セリーヌは意地の悪い笑みを浮かべてこちらに近づいてくる。

しまったと思っても後の祭り。

彼はこうして、私が少しでも隙を見せると揶揄《からか》ってくるという悪癖《あくへき》を持つ。

女装して学生生活を送ることにストレスでも溜まっているのだろうか。だとしても、私でストレスを解消するのはやめてもらいたい。

「おや、つれないな」

するとセリーヌは、わざとらしく身を屈めて私の顔を覗《のぞ》き込んでくる。

超絶美少女のドアップなのだが、実は女装美青年のドアップだと思うと、なんだかいけないものを見ているような気持ちになる。

そっと目を逸らすと、逃がさないとばかりに指で顎をすくい上げられた。

逃げ場がない。なんだか新たな趣味に目覚めてしまいそうだ。

「あまりシャーロットをからかわないでください」

そんな私を救ったのは、生徒会書記として過去の資料を整理していたエミリアだった。

彼女は赤い縦ロールの髪を手で払うと、煩《わずら》わしそうに言った。

「仕事の邪魔をしにいらしたのならお帰りはあちらですわよ」

うーん、この態度。

以前よりかなり丸くなったと思うが、それでも気位の高さは相変わらずである。

エミリアとセリーヌはそこそこうまくやっていると思っていたが、私が鈍いだけで実はあまり仲が良くないのかもしれない。

やっぱり、セリーヌが男だと証明するために、エミリアの前でいきなりドレスを脱ごうとしたのはまずかったのか？　いや、私もさすがにあれはどうかと思ったけれど。

「おや、随分な言いようじゃないか」

ともあれ、セリーヌの矛先《ほこさき》はエミリアに向いたようなので今のうちにお仕事お仕事である。

「さては君の敬愛する兄君の差し金かな？」

エミリアの敬愛する兄君とはジョシュアのことだろう。

そのジョシュアがエミリアにどんな指示をしているかはわからないが。

というか、今の台詞《せりふ》のどこにジョシュアが絡む要素があったというのか。

短いやり取りを反芻《はんすう》してみたが、私が揶揄われただけで特にジョシュアに関係するような事柄はなかったと記憶している。

エミリアはといえば、なぜか無言でセリーヌを睨みつけている。

セリーヌの言葉が気に障《さわ》ったのか、とにかく私の目の前で訳のわからない事態になっていることだけはわかる。

「ふ、二人とも落ち着いてくださいい。もうすぐシモンズ王国からこの学校に使節団の方々が視察にいらっしゃることですし、変な姿は見せられませんよ」

とりあえず、私は二人の会話を理解することは諦めて、話をそらすことにした。

プライドが高いエミリアは勿論のこと、シモンズ王国はセリーヌの母国なので、彼も無関心ではいられないはずだ。

更に言うなら、これはゲームにも出てこなかったイベントなので、私も少なからず緊張している。

さすがに木っ端貴族令嬢の私に国賓の接待は荷が重いため、当日はウィルフレッドとジョシュアが応援に来るし、案内はセリーヌがメインで対応することになっている。

しかし当日はそれでいいとしても、やっておかねばならない準備は山のようにあるわけで。

とりあえずイレギュラーなイベントのおかげで、私の机の上に積みあがった書類が更に高さを増したのは間違いない。

本当にどうしてこんなことになった。

私はただ、没落する運命から逃れたかっただけなのに。

ともあれ、目の前の美男美女による不毛な言い合いは急速に収束を迎えた。

二人ともこんなことをしていても非生産的だと気が付いたのだろう。

「執行部に指示出しに行ってきますわ」

執行部とは、最近新設されたばかりの生徒会を補佐する集まりである。

その構成要素はセリーヌの取り巻き四割、エミリアの取り巻き五割、その他一割といったところ。悲しいかな私の取り巻きはいない。いや、別に取り巻いてほしいわけでもないのだが。

当然執行部内には派閥があり、それぞれあまり仲がいいとはいえないが、おかげで競って仕事をしてくれるので効率は非常にいい。

利用しているようでいささか申し訳ない気もするが、あちらも執行部に所属していることで学内での評価が上がっているそうなのでwin-winだ。

問題があるとするならば、生徒会も執行部も女性ばかりなので一部の男子生徒が不満を抱いているらしいということだ。

実際、匿名《とくめい》の生徒会に対する意見書には最近脅迫文のようなものまで入っている。全てがいいことずくめとはいかないようだ。

集団を統率するというのは難しい。

転生した今になって、そのことが嫌というほど身に染みた私なのである。

そしてこのときの私はまだ知らなかった。

隣国からやってくる使節団の中に、思いもよらない爆弾が紛れ込んでいることなど。

そして忙しさにかまけて、自分がとても大切なことを忘れていることに、気付こうとすらしなかったのである。

◆ ◆ ◆

さて、困ったことになった。

クローゼットを開きながら、私はうんうん唸《うな》っていた。

唸りの原因はテーブルの上に置かれた封蝋《ふうろう》付きの招待状である。

差出人は、なんとサンサーンス国王陛下その人だ。

勿論名前だけで書状は事務官が代筆しているのだろうが、それにしたって私のような没落寸前の伯爵家の娘が受け取るには、あまりに身分不相応な品である。

これは国王陛下が主催する、隣国の使節団を歓迎するパーティーの招待状だ。

どうして伯爵家から私だけが招待されたかというと、それは私が王立学校の次期生徒会長に決まったことが大きく関係していた。

使節団は王立学校の視察に来る予定なので、私のパーティー出席はその顔合わせも兼ねているのだ。

正直エミリアとセリーヌは間違いなく出席するのだからそれで十分なのではという気がしないでもないが、名目だけでも〝長〟が付くからには呼ばないわけにもいかなかったのだろう。

だがこの一通の招待状が、私に計り知れない気鬱を与えていた。

私とて既にデビュタントを終えた貴族令嬢。パーティーに出席した経験は数あれど、城で開かれるパーティーに招待されるのはこれが初めてである。

そもそも我が家の当主である父ですら、今回のパーティーには家格が足りないということで呼ばれていない。

なので、私だけが城でのパーティーに呼ばれたと知ったときの父親の顔といったら。

顔を真っ赤にして怒り、以降一度も顔を合わせていない。

まあ別にあんな父親の顔を見たいわけではないのでそれはいいのだが、問題はドレスである。

格式高い城でのパーティーならば、それ相応の新しいドレスを仕立てて出席するのが普通である。

だが嫉妬にかられた父親はどうも私のドレスに金など出したくないようで、家令を通じてその旨《むね》を通知してきた。

実際には家計が火の車で捻出《ねんしゅつ》する予算がないだけかもしれないが、ともかく私は当日何を着て行ったらいいのかという悩みに直面していたのである。

更に、問題はドレス以外にもいくつかある。

まず父親がへそを曲げたので、エスコートをしてくれる相手がいない。

父親に頼んでもいいが、あの俗物が城で何をやらかすかわからないので、できればあまり連れて行きたくはない。

しかしそうなると、親類を見回してみても頼めるような当てがなく、すっかり困ってしまっていた。

セリーヌかエミリアに頼んで適当な男性を見繕《みつくろ》ってもらうべきだろうか。

ここにきて、自分の人脈のなさが悲しくなる。


「ここの切り返しを少し工夫《くふう》したら今風のドレスに見えないかしら？」

私は吊り下げられたドレスの内の一着に手をかけながら言った。

しかしすぐに、部屋の中には自分一人きりだったと思い出して口をつぐむ。

幼い頃から傍《そば》で仕えてくれた侍女のマチルダは、先日の事件がきっかけで侍女を外されてしまった。

私とて悲しいが、だからといってアイリスの言いなりになって私を危険な場所に連れ出した彼女を、そのまま傍で働かせておくことなどできなかったのだ。

しかしそれ以降、私は以前よりもより一層使用人たちと関わらなくなった。身支度もメイドに手伝ってもらうものの、あえて親しい相手は作らないようにしている。

信じて裏切られるくらいなら、最初から信じない方がましだからだ。

そうすれば、相手に失望したり心まで傷つけられたりせずに済む。

そうしてもうこの家の中に、心を許せる相手は誰一人としていなくなってしまったのだ。

悲しいけれど仕方ない。没落は免れたのだから、それで良しとするべきなのだろう。

◆ ◆ ◆

とにもかくにも、まずはエスコートの相手をどうにかしなければ。

私は早速、心当たりに打診してみることにした。

とはいっても、心当たりなんてほとんどいないも同然なのだが。

「――というわけで二人とも、私をエスコートしてくださる心優しい男性にお心当たりはないかしら？」

そう問いかけると、エミリアとセリーヌは共になんとも言えない微妙な顔になった。

婚約者がいてもおかしくない年齢で、エスコートの当ての一つもない私を哀れに思っているのかもしれない。

「あー……、一応聞くが、それは本気で言ってるのか？」

女の姿ではあるものの、なんとも男臭い仕草で頭をかきながらセリーヌが言う。

確かに男からも女からも引く手あまたの彼からしてみれば、私の異性関係のあまりの貧困さに言葉を失うのも無理からぬことかもしれない。

なぜかちらちらとエミリアの様子を窺《うかが》っている理由はわからないが。

「冗談でこんな恥ずかしい相談をするはずがないじゃないですか。本気も本気です。悲しいかな婚約者もいない身の上ですし、親類関係は父を筆頭に何をしでかすかわからないので、できれば後腐れがなくて、なんの利益もなしに私のエスコート役を引き受けてくださるようなお心優しい殿方はいないかと本気で頭を悩ませているのですよ」

己の窮状《きゅうじょう》を切々と訴えると、セリーヌは驚きを通り越して呆れのような表情を浮かべた。

まあ、この反応は予想通りである。

何度も言うが、貴族の子女の十六歳といえば、親が決めた婚約者がいるのが普通なのだ。

そしてそれがいないばかりか、名目上とはいえ部下のような立場である二人にどうにかならないかと打診をしている。学校内だけの役職とはいえ、二人の目には私がさぞ情けなく映っていることだろう。

だがしかし、そうとわかっていても他人を頼らなければならないことが人間にはあるのだ。

幸い私は二人と違ってプライドが低いので、問題解決のためなら恥をかくことも辞さないのである。

すると、それまで黙っていたエミリアが目をカッと見開き、肩をいからせて言った。

「あっ、あなた本気で言ってますの⁉　お兄様があんな、あんなに態度に示してますのにっ」

どうやら、思った以上に私のプライドのない発言はエミリアの神経を逆なでしたようである。

それにしても、彼女の兄であるジョシュアと、私の情けない願いとの間に一体何の関係があるというのか。

最近は友好的に過ごしていただけに、エミリアの怒りは私を驚かせるのに十分であった。

だが、どうして怒っているのかと正直に尋ねたところで、エミリアの怒りの炎に油を注ぐだけであろうことは目に見えている。

困ってセリーヌに目をやれば、彼は美しい髪が乱れるのも構わずまた頭をかいて、怒れるエミリアの肩を叩いた。

「落ち着けって。確かに俺もどうかと思うが、だからってあんたがこの場で言っていいことじゃないだろう」

セリーヌは意味のわからない台詞でエミリアを落ち着かせると、今度は深いため息をついて私を見た。

「本当にエスコートの当てが一つもないんだな？」

「ええ。まったくこれっぽっちも！」

この質問には、自信を持って頷《うなず》ける。

そもそも結婚は諦めて、政務官を目指している身の上である。

没落こそ免れたとはいえあの父親ではいつ実家がなくなるかわからないし、利害なしでエスコートしてくれるなら正直誰でもいい。

どうせ自分の十人並みの容姿はわかっている。

ハゲだろうがおっさんだろうがどんとこいだ。

私の意気込みを理解したのかなんなのか、セリーヌはもう一度大きなため息をついた。

そもそもセリーヌの母国からの使節団のおかげでこんなに悩まされているというのに、その心底呆れたみたいな態度はひどいと思う。

「わかった。じゃあ相手はこちらで用意しておくから、お前はとりあえず当日まで仕事でもしておけ」

セリーヌはまるで突き放すようにそう言うと、エミリアをなだめるように彼女の肩をぽんぽんと二回叩いた。

エミリアが何かを察したとでもいうように小さく頷く。

あれ、やっぱり仲はいいのだろうか。

というかむしろ、私だけ話についていけず仲間外れにされている気がする。

私のエスコート相手の話をしていたはずなのに、どうしてこうなった。

なんとなく腑に落ちないものを感じつつも、私はこれ幸いとセリーヌの言葉に甘えることにした。

彼ならばきっと、私の不利益になるような人は選ばないだろう。

普段は相手を揶揄う発言が多いが、生徒会の仕事はきっちりこなすし人望も厚い。

ゲームをしていたときにはわからなかったが、彼にはたくさんの魅力がある。

それを考えると、女装をしているという一点においてゲームの中では色物扱いされていたのが残念に思える。

私はちらりと、エミリアの方に目をやった。

彼女はなにやら考えごとの最中のようで、ものすごい形相でぶつぶつと呟《つぶや》き何か算段をしているようである。

その顔は悪役令嬢として登場したゲーム内のスチルそのもので、私は思わず背筋が薄ら寒くなってしまった。

一応友好的な関係を築けているつもりだが、ゲーム内で出てきたエミリアによる意地悪を思うと、あまり機嫌を損ねるようなことはしたくない。

味方だと思うと心強い二人だが、彼らを敵に回したら本当に厄介《やっかい》だ。

セリーヌの言葉に従い、それからはパーティーのことなど忘れて仕事に打ち込んでいた。

みんな私が生徒会長だと思うと意見しやすいのか、ウィルフレッドが生徒会長をしていた頃よりも学生からの意見が倍増している。

みんな私のことを生徒会長というより体《てい》のいい小間使いのように思っているのではないか。

執行部によって仕分けされているので生徒会まで届く量こそそこまでではないものの、意見の中には私的なものも多く含まれており、目を通しているだけでうんざりしてしまう。

中には教師の誰それが最近翳《かげ》を帯びていて素敵だなんてものもあって、一体誰に対する意見なんだと問いかけたくなる。

いっそ無記名ではなく、署名がなければ受理しないという方向に転換すべきか。

いくら執行部の手伝いがあるとはいえ、せっかく手伝ってくれる生徒たちをこんな雑務に使うのは申し訳ない気がする。

そんなことを考えながら生徒会の仕事を終えた私は、ミセス・メルバの元に向かっていた。

私がミセス・メルバにお願いしたことで始まった放課後の特別授業は、私やエミリアが次期生徒会役員に指名されたことで時間が取れないことから休止状態になっている。

短期間だが基礎からしっかり叩き込んでもらったおかげで授業で困ることもないのだが、私は定期的にミセス・メルバに頼んで個人授業をしてもらっていた。

没落を免れたとはいえ、やはり何かしていないと落ち着かないのだ。けれどそれ以外にも理由はある。それは家に帰りたくないということ。

自分の都合を押し付けてくることしかしない父親との生活は、苦痛でしかない。今まではマチルダがいたから家の中で孤独を感じることはなかったけれど、彼女がいなくなった今は彼女との思い出が残る辛い場所だ。

早く政務官として身を立て、あの家を出ることができればいいのにと切に願う。

そのための努力ならば惜しむ気はないし、いくら努力してもやりすぎということはない。

それに、セリーヌからは当日まで仕事でもしておけと言われたが、流石に初めて王城でのパーティーに登城するというのに作法を知らないなんて洒落《しゃれ》にもならない。

お城でのみ適用される特別な作法もあるかもしれないので、その辺りはミセス・メルバにしっかり確認しておきたい。

セリーヌとエミリアには呆れられてしまったようだが、私だってしっかりと考えているのだ。

そんなわけで、私はミセス・メルバと約束している空き教室へ急いだ。

約束の時間より少し早めに向かったのだが、予想通りというかなんというかミセス・メルバは今日も少しの乱れもないきっちりとした装いで先に教室の中で立っていた。

いつまで経っても慣れない鋭い視線が私の頭のてっぺんからつま先まで精査する。

「ごきげんようシャーロット・ルインスキー」

なぜだか猛獣の前に立ったような緊張感を覚えながら、私は軽く身づくろいをしてその場で腰を折った。

「ごきげんようミセス・メルバ。本日はわたくしのために貴重なお時間を割いていただき、感謝します」

背筋に一本線が入ったような感覚は久しぶりだ。

特別授業が休みとはいえ通常の授業で何度も彼女と顔を合わせているはずなのに、一対一で相対するとやはり威圧感が違う。

「いいえ。次期生徒会長としての頑張りは聞き及んでいますよ」

ミセス・メルバは、その厳しい表情を少しだけ緩《ゆる》めた。

私の頑張りを見てくれている人がいたのだという喜びが、じわりじわりと湧き上がってくる。

「ありがとうございます！」

だが、ミセス・メルバが表情を緩めたのはほんの一瞬だった。

「ですが、この度は城でのパーティーで使節団との接見を果たすとのこと。あなたはこの王立学校の代表というだけでなく、この国の代表としてその場に臨むのですよ。失敗は許されません。よいですね？」

「は、はい！」

そしてミセス・メルバの指導の下《もと》、厳しいレッスンが始まった。

礼儀作法は完全に身に着けたつもりでいたが、まだまだ随所に甘いところがあるらしく、ミセス・メルバの厳しい指摘が続く。

心がめげそうになりながらも、国の代表なのだという彼女の言葉を胸に刻み、当日も間違うことがないよう気を付けるべきことをノートに書き留めていった。

考えてみれば、当日私の隣に並ぶのはエミリアとセリーヌである。

片やつい最近までわがまま三昧《ざんまい》をしていた令嬢、片や女装の麗人と異色の組み合わせだが、どちらも幼い頃から礼儀作法を叩き込まれているという意味では、国内でも有数の人材だ。

特に真面目に授業を受けるようになってからのエミリアは、王太子であるウィルフレッドに相応《ふさわ》しくあろうと、まるで別人のような有様である。

今の彼女を見て、誰が悪役令嬢と呼ぶことができただろうか。

そんな華やかな二人と並ぶのだから、容姿は劣るとしてもせめて立ち居振る舞いぐらいは優雅にありたいものだ。

それによく考えてみれば、王城とは私の将来の就職希望先でもある。

もし大きな失敗でもしようものなら、悪い風に名を覚えられて卒業後の政務官への道は閉ざされてしまうかもしれない。

そうならないようにするためにも、当日は万全の態勢で臨まねば。

そんな私の熱意が伝わったのか、ミセス・メルバの指導にも熱がこもる。

その後特別授業は予定時間を越えて、夜遅くまで行われたのだった。

「今日はここまでにしましょうか」

先に音《ね》を上げたのは、ミセス・メルバの方だった。

「ハァ、ハァ……お付き合いいただきありがとうございました」

肩で息をしながら、長々と付き合ってくれた彼女に礼を言う。

特別授業のいいところは、ときに過酷すぎて他の何も考えなくなるところだろうか。

ドレスを着て軽やかに動くというのは、その優美な外見に反して単なる肉体労働であると男性諸君は知るべきだ。

むしろ初老に差し掛かったミセス・メルバが、どうしてあんなに軽やかに動けるかということの方が謎である。

一体どんな鍛え方をしていらっしゃるのか……。

「ときにミス・ルインスキー」

「何でしょうか？」

そんなことを考えていると、ミセス・メルバが思いもよらないことを言い出した。

「身辺には十分に気を付けるのですよ。恨みや妬《ねた》み嫉《そね》みというものは、権力にはつきものですからね」

「は？　はあ……」

権力などこれっぽっちも持っていないが、生徒会に脅迫状が届いているのは事実である。

内容は、生徒会長をやめろとか、相応しくないとか、そのようなもの。

おそらくミセス・メルバは、そのことを知って忠告してくれているのだろう。

確かに、私をよく思わない人間にしてみれば、今回の使節団訪問は足を引っ張るための絶好のチャンスだ。

まだ名目上はウィルフレッドが生徒会長なのでそんなことをする愚か者はいないだろうと思っていたが、一応対策は必要かもしれない。

「ご忠告ありがとうございます。肝に銘じます」

私はミセス・メルバに礼を言い、その日は帰宅したのだった。

◇　◇　◇

使節団は日程の遅れもなく、ほぼ予定通りに到着した。

なので歓迎パーティーも予定通り開かれることとなり、私はその準備に追われていた。

まずはドレスであるが、これは今持っている物に手を加えることでまあいいだろうということになった。

どうせ主役は隣国からの客人たちで誰も私になんて注目していないだろう。

相談できる侍女もいないので、自分で縫って対応した。刺繍《ししゅう》の授業を履修《りしゅう》していたのと、前世の知識が少なからず役に立った。

簡単なスカートの作り方を教えてくれた中学校の家政科の授業には感謝しかない。

ところがここで、予想もしていなかったことが起きた。

パーティーの前日になって、突然我が家にやけにきらびやかなお針子集団が乗り込んできたのだ。

「は？　え？」

何事かもわからず動揺する我が家の使用人たち。

「こちらはお嬢様のお客様で？」

そう尋ねられても、知るわけがない。

そもそも何をどうすればこんないかにもただ者ではなさそうなお針子集団を屋敷に呼びつけることができるというのか。

「シャーロット！　ドレスは作らんと言っただろうがっ！　それを儂《わし》に無断でこのような！」

偶然家にいた父が、イノシシのような勢いでエントランスに突っ込んでくる。どうやら使用人の報告を受け、怒鳴りに来たらしい。

なんでいつもそんなにイライラしているのか。カルシウムを摂れ。カルシウムを。

「あの、お父様……彼女たちはわたくしが呼んだわけでは……」

一応控えめに父の思い込みを正そうとしてみるが、伯爵は自分の娘の言葉などはなから聞く気がないようだ。

「では一体誰が呼んだというのだ。お前が新しいドレスを欲しがっていたのはわかっているのだぞ！」

まるで真犯人はお前だとばかりに、父がこちらを指さしてくる。

人を指さしてはいけないと習わなかったのだろうか。いやそれ以前に、別にわがままでドレスが欲しいと言ったわけではなく、城からの招待でやむにやまれず新しいドレスが必要で、自力で縫っていたというのに、その私がいかにもわがままを言っているみたいな態度はなんなんだ。

もはや怒りを通り越して呆れていると、お針子集団のまとめ役らしいお淑《しと》やかなマダムが前に出てきた。

ミセス・メルバとはまた少し違う、おっとりとした雰囲気の優しげな女性である。

「お初にお目にかかります。ルインスキー伯爵。わたくし共はメゾン・アリアンロッドから参りました」

その店名に私ははっとした。メゾン・アリアンロッドといえば、国中の女性が憧れるドレス専門の高級メゾンだ。

アリアンロッドが作り出すドレスは毎年流行を生み出す最先端とされ、その予約表は高位貴族の名で数年先まで埋まっているともっぱらの噂である。

それにしても、そんな高級メゾンが一体我が家に何の用だろうか。

「それでその、メゾンうんたらがなんだって？」

父が不機嫌を隠そうともせずに吐き捨てる。

私は思わず肩を竦《すく》めた。おそらく目の前の女性は、その立ち居振る舞いからしてメゾンのオーナーであろう。

うちなんか比べ物にならない高位貴族とも個人的な親交を持つとされる彼女にこの態度だ。

我が家が貴族として今一つ振るわないのは、おそらく父のこうした迂闊《うかつ》なところも大いに関係しているのであろう。

しかしマダムはそんな父の態度など気にする様子もなく、にっこりと微笑んで言った。

「本日はユースグラット公爵家のご依頼で参りました。お嬢様にぜひ、ドレスを贈りたいとのことで――」

「なんだって⁉」

父が驚愕《きょうがく》の声を上げる一方で、私は驚きのあまり言葉を失っていた。

どういうことだと言いたげな表情で、父親がこちらを凝視している。

だが訳がわからないのは私だって同じだ。

「ええと、何かの間違いでは……？」

それしか言葉が出なかった。

だが、マダムは優雅に首を振って否定する。

「いいえ。確かにルインスキー伯爵家息女、シャーロット様宛てと承《うけたまわ》っております。それでは早速、フィッティングをさせていただいても？」

マダムは狼狽《うろた》える父など気にする様子もなく、私にそっと手を差し伸べた。

無視することもできず、私は恐る恐るその手を取る。

唖然としている父を置き去りに、私はマダムに促《うなが》されるまま屋敷の奥に向かった。メイドが素早く出てきて、ワードローブにマダムを先導する。

そして、私の後ろをついてくる迫力のお針子集団。マダムを入れて六人ほどだろうか。彼女たちはそれぞれ手に重そうな荷物を持っている。

ドレスのフィッティングというよりはこれから戦争でも始めそうな勢いで、はっきり言って私は気圧《けお》されていた。

特殊な学園生活の中で迫力がある人への対処もだいぶ慣れたと思っていたが、やはりまだまだ修業が足りないようである。

明日会うことになる使節団はもっと海千山千の強者《つわもの》たちかもしれない。

気を引き締めねばと思いつつ、私はなぜか自宅の中で客人に手を引かれて進むという特殊な状況に陥《おちい》っていた。

◆ ◆ ◆

「とてもよくお似合いですわ」

メゾン・アリアンロッドが持参したのは、光沢のある濃紺のドレスだった。とても落ち着いた色合いだが、上半身にレースとクリスタルが縫い付けられていて私が持っているドレスのどれよりもきらびやかだ。

自分には似合わないだろうからと青系統のドレスは着たことがなかったのだが、シルエットが重くなりすぎないよう上に重ねられたシフォン生地が羽根のように軽やかで、かわいらしいデザイン

になっている。

こんな素敵なドレスは今まで見たことがない。

鏡に映る自分の顔が、うっとりとドレスに見惚《みほ》れているのがわかった。

社交界などダンスを覚えたりマナーを覚えたり大変なことばかりだと思っていたが、こんなドレスが着られるならそれも悪くないとすら思える。

だが、私の夢見心地な気分はそう長くは続かなかった。

なにせ言われるがままに着替えたはいいが、彼女たちはユースグラット公爵家の依頼で我が家にやってきたというのである。

ユースグラット公爵家の知り合いといえば元悪役令嬢であるエミリアで、こんな見るからに高価なものを贈ってもらうわけにはいかないのだ。

彼女が以前のような性格ではないとわかってはいるが、タダでもらえる物ほど恐ろしい物はない。

わざわざ私の家まで出向き、怒涛《どとう》の勢いでサイズ合わせをしてくれた彼女たちには悪いが、このドレスを受け取ることはできない。

「あの、とても素晴らしいドレスなのですが、やはりわたくしが受け取るわけには……」

人気のメゾンが仕立てた、見るからに高価そうなドレスである。

いくら親しくしているとはいえ、エミリアにこんな素敵なものを贈ってもらう謂《いわ》れはないし、後から代金を請求されても返せるとは思えない。

小心者の私には、自分でリメイクしたドレスで十分なのだ。

だが、私がドレスの受け取りを渋ると、やはりというかマダムは困ったように眉を八《はち》の字にした。

「あら、せっかくご依頼を受けて超特急で仕立てましたのよ。明日のパーティーに間に合うようにとのご注文でしたので」

私は記憶をたどり、エミリアに着ていくドレスがないことを話しただろうかと首を傾げた。彼女には、エスコートしてもらう相手がいないという話しかしていなかったと思うのだが……。

「ですが、エミリア様にここまでしていただく理由が……」

思わずそう言うと、マダムは不思議そうに目を見開いた。

「いえ。ドレスをオーダーしてくださったのは、エミリア様ではなく兄君のジョシュア様でございます」

予想外のドレスの贈り主に、私は唖然としてしまった。

「そ、そんな……何かの間違いではありませんか？」

だが、贈り主はやはりジョシュアで間違いないという。

半信半疑でいる私のためにマダムが出してきたドレスの発注書には、確かに彼の生真面目そうな字でジョシュア・ユースグラットの名前が綴《つづ》られていた。

こんなものまで見せられては、贈り主はジョシュアなのだと認めざるを得ない。

だが彼には命を助けてもらったという恩がありこそすれ、こちらが何かしてもらうような理由はないはずである。

それともウィルフレッドの選んだ次期生徒会長に粗末な格好をされては困ると、気を回してくれたのだろうか？

もしそうだとしたらなんともありがたい話だが、物があまりにも高級すぎるので素直に喜ぶことができない。

悲しいかな、私は根っからの貧乏性なのである。

その後、とにかく受け取ってもらわねば困るということで、嵐のようなお針子集団は来たときと同じように怒涛の勢いで帰っていった。

残されたのは、呆然とする私と美しい濃紺のドレスだ。

見れば見るほどに、惚れ惚れするような出来である。

光沢のある濃紺はまるで夜空のようなジョシュアの髪と同じ色だ。縫い付けられたクリスタルは、さしずめ瞬《またた》く星々といったところか。

私はふと、ミセス・メルバの授業の社交界の心得に出てきた、身に着ける物についてのマナーを思い出していた。

確か、婚約者の場合はできるだけ互いの目の色や髪の色のアイテムを身に着けるというものだったはずだ。

別に絶対の決まりではないのだが、それをしないと不仲が疑われるのだという。

しかしそれは見方を変えれば、婚約者でもないのに彼の色を纏《まと》うのもまたあらぬ疑いを呼ぶのではないだろうか。

ただでさえきらきらしい人々と一緒に生徒会に所属しているということで、余計な恨みを買っている私である。

ジョシュアはきっとそんなこと考えてないのだろうなあと思いつつ、私はどうしても翌日のパーティーを不安に思ってしまうのだった。

第二章　隣国からの使者

昼間行われた使節団の歓迎式典は、それは盛大なものだったという。

私は生徒会の都合で見ることができなかったのだが、国王を守る近衛騎士団が中心となり集団行動を行ったそうだ。

隣国とは和平を結んでもう何十年もの歳月が経過しているが、それでも歓迎にかこつけて我が国の軍は練度が高いのだと見せつける意味合いもあったのだろう。

エミリアやセリーヌは国賓を迎えるため式典に出席したそうなので、会ったら直接どんな様子だったのか聞いてみよう。

自宅でパーティーに出席する準備を進めつつ、私は迎えを待っていた。

セリーヌから、エスコートを引き受けてくださった方が迎えに来るので自宅で大人しく待っているようにと厳命されたのだ。

突然エスコート役などをお願いしてそれだけで申し訳ないのだから、迎えなどせず現地集合でいいと私は言ったのだが、何を馬鹿なことを言っているのかとセリーヌとエミリアの二人にすごい顔で怒られた。

私の感覚としては現地集合現地解散がお互い手間もなく気を使わなくていいし楽じゃないかと思ったのだが、どうやら貴族令嬢としてはあるまじき考えだったようだ。

この世界に馴染《なじ》もうと必死に勉強してはいるものの、やはり些細《ささい》なことで考え方の違いが露呈《ろてい》してしまう。

もっと気を付けなければと気を引き締める一方で、本当に私のエスコート役という何の得にもならない役目を引き受けてくれる人がいたのかと不安になってしまう。

まさかセリーヌのことだから嘘をつくようなことはないと思うが、引き受けた人間の気が変わって誰も来ないいんじゃないかと不吉な想像をしてしまうのだ。

しかしエスコート役が来なかったとして、まさか城でのパーティーを欠席するわけにはいかない。

その場合は最悪恥をかいてでも一人で行こうと決意を固めてエントランスに出ると、そこにはなぜかやけに着飾った格好の父が待っていた。

「ふん。どんなに美しいドレスも着るのがお前ではな」

腕を組んでなんだか苛立《いらだ》たしげに鼻を鳴らしているが、一体どうしてここにいるのか。暇なのか。

口にこそしないが、まだ出かけてもいないのに幸先が悪いとうんざりした気持ちになった。

大体、私の容姿が地味なのは直接親にも関係しているわけで。

私の容姿を悪く言うということはすなわち、自分自身の容姿もけなすことになるということをこの男は気付いていていないのだろうか。

「わたくしに何か御用でしょうか？」

意図したことではないが、口からこぼれたのは感情のない冷たい言葉だった。

前世の記憶を取り戻す前の私だったら違っただろうが、今はもうこの男の言動にいちいち傷ついたり怒ったりすることすら面倒臭い。

「な、なんだ、親に向かってその態度は！」

そんな私の態度が癇《かん》に障ったらしく、父は顔を真っ赤にして手を振り上げた。

私は目の前のかわいそうな中年男を睨みつける。

振り上げた袖の肩口あたりからびりりと布が裂けるような音がしたが、それを指摘するとまたこの男の不興を買うことになってしまう。

私の視線に臆したのか、それとも服が破れたことが恥ずかしかったのか、父は気がそがれたように手を下ろすと、もう一度鼻を鳴らしていやらしい笑みを浮かべた。

「お前のような貧乏貴族の娘、どうせエスコート役もろくにおらんだろう。仕方がないから今日のところは一緒に行ってやる。ありがたく思え」

いや、だから、娘を貶《おとし》めるのは遠回しに自分も貶《けな》すことになると、この男はわからないのだろうか。

貧乏貴族の自覚があるなら、もう少し散財を控えてくれと思わず素で言い返しそうになってしまった。

大体エスコートをしてくれる気があるのなら、なんで最初にそう言わないのだろう。

どうせくだらないプライドが邪魔をしたのだろうが、今になってそんなこと言われてもいい迷惑だ。

というか無理だ。お城には既にエスコート役は誰であるか――セリーヌが勝手に――申請してある。

さすが国王主催のパーティーだけあって、参加者の出入りも厳しく制限されている。

なので、この男が今更出席したいとごねたところで、事前に申請していないのだから何を言われても無理なのだ。

しかし正直にそう指摘したところで、父の機嫌を損ねるだけだろう。

最悪、パーティーに行くことすら邪魔されかねないので、私は怒りを飲み込んでその言葉を無視していた。

もう約束の時間だ。

だが迎えは来ない。

「馬車の用意をしろ。もう出発するぞ」

父が家令に命じる。

その顔にはそれ見たことかと言わんばかりの、勝ち誇《ほこ》った笑みが浮かんでいた。

実の娘だというのに、どうしてこの男はこんなにも私を目の敵《かたき》にするのだろうか。少なくとも階段から落ちて前世の記憶を取り戻すまでは、ここまでではなかった。

だが記憶を取り戻した私が自分の思い通りにならなくなったことで、父の反感を買ってしまったのだろう。

そういう意味では、なんでも父の言う通りにしていた、記憶を取り戻す前のシャーロットは、賢いと言えたのかもしれない。

まあ、どんなに努力しても私にはそんな殊勝《しゅしょう》な態度は取れそうにない。

さっさと王立学校を卒業して、この家を出て縁を切りたいところだ。

「……馬車をもう一台用意して」

意地でも父親と一緒に行きたくはなかったので、私は近くにいた執事にそう命じた。

エントランスにいた使用人たちが一斉に困惑したような顔になる。

だが私はどうしても、たとえ実の父であっても、この男にエスコートされるぐらいなら一人で会場に入って恥をかいた方がましだと思えた。

それが伝わったのだろう。

今度こそ父は、怒りで顔を真っ赤にして私の方に詰め寄ってくる。

「なんだと⁉」

やはり暴力でも振るうつもりなのか。折角化粧をしたんだから顔はやめてほしいと、私も熱くなった頭でどこか冷静にそんなことを考えていた。

ところがだ。

そのとき玄関が開いて、馬車の用意をしていたらしいフットマンが駆け込んできた。

「お迎えがいらっしゃいました！」

彼はやけに慌てた様子で、なぜか信じられないとばかりに私のことを凝視していた。

その態度を訝《いぶか》しく思う一方で、知らない間に力が入っていた肩から力を抜く。

その隣で、父が大きな舌打ちをする音が聞こえた。

「どうせ大した男ではあるまい」

この態度で、せっかく迎えに来てくれた相手を追い出されてはかなわない。

私が来客に対する失礼な態度は慎《つつし》むよう父に注意しようとした、そのとき。

がちゃりと玄関のドアが開いて、フットマンが招き入れるよりも先に客人が家の中に入ってきた。

「な……！」

その声は、私のものだったのか、それとも父のものだったのか。

少し髪を乱して私の家にやってきたのは、ユースグラット公爵の息子でこのドレスの贈り主でもある、ジョシュア・ユースグラットその人だった。

◆◆◆

父に何か余計なことを言われる前にと、私はジョシュアが乗ってきた馬車に慌てて飛び乗った。

といっても本当にドレス姿で飛び乗ったわけではなくて、ジョシュアを急《せ》かしに急かして出発しただけなのだけれど。

だから、どうしてジョシュアがとか、着飾った自分を見られるのが妙に気恥ずかしいとか、そんなことを思ったのは馬車の中で二人きりになってからだった。

公爵家の紋章が刻印された馬車は最新式の贅沢《ぜいたく》なもので、椅子はふかふかだし内側は一面ベルベットで布貼りされている。

そして目の前のジョシュアは見慣れた制服姿とは異なり、やけに華やかだ。

光沢のある絹のクラバットに、きらりと光る琥珀《こはく》のクラバットピン。

青の上下は私のドレスよりも色味が薄く、人によっては悪趣味になりそうなものを彼の落ち着いた髪色もあって見事に着こなしている。

コートには私のドレスと同じように銀の糸で細密な刺繍が施《ほどこ》されていて、なんだかお揃いみたいだなと思った。

そういえばこのドレスを用立ててくれたのはジョシュアだった。

まずはその礼を言わねばと、私はこのときようやく初めてジョシュアの顔を見つめた。

彼はなぜか私から少し目線を逸らし、片手で口を覆っていた。

さっきまで向かい合って座っていたはずなのに、少し横にずれたのか私の斜め前にいる。

「あの、ジョシュア様？　気分が優れないのですか？」

まさか馬車に酔ったのかと心配してそう問えば、彼は逸らしていた目をようやくこちらに向けて言った。

「いや、そんなことはない」

彼はいつものように背筋をピンと伸ばすと、口を押さえていた手を膝に置いてまっすぐにこちらを見つめた。

気のせいか、その顔が少し赤らんでいるような気もするが。

「このドレス、ジョシュア様が用立ててくださったと聞きました。こんな素敵なドレス――本当にありがとうございます」

「気にするな。俺がしたくて贈ったんだ」

どうやらジョシュアは、よっぽど私がみすぼらしい格好でくるのが耐えられなかったらしい。

メゾンの人々がやってきたときは面食らったが、確かにエスコートを引き受けたとなれば隣に並ぶ娘のドレスが貧乏くさいのは彼の名誉にかかわるだろう。

それにしてもエスコート役を引き受けたうえドレスまで用意してくれるなんて、彼はこんなにいい人だったのか。

セリーヌかエミリアがおそらくエスコート役を頼んでくれたのだろうが、この短期間の間によく用意したものである。

おそらくメゾンにも無理を言ったのだろうし、このドレスの価格を考えると頭が痛くなってくる。

「あの、今はまだ無理ですが、卒業して家を出たらこのドレスのお金は必ずお返ししますね」

ジョシュアにしてみれば些細な金額かもしれないが、私には大人しくもらったままでいるなんて無理だ。

今は自由にできるお金がないので難しいが、卒業して働き始めたら必ず返そうと心に決めた。

ところが、私の発言はジョシュアにとって思いもよらぬものだったようだ。

「待て。俺はドレスの金など……いやその前に、卒業したら家を出るつもりなのか？　まさか結婚が決まって――？」

なぜかひどく慌てた様子で、ジョシュアが言う。

だがなぜ今、私の結婚の話が出てくるのだろう。

「いいえ。結婚など決まっておりません。ですが卒業したら家を出て自活するつもりなのです。以前お話ししませんでしたか？　そのために政務官になりたいのだと」

私の返答に、ジョシュアは困惑したようだった。

「政務官になりたいというのは聞いていたが、家を出るとまでは……それはいささか軽率ではないか？　若い女性が一人で暮らすなんて危険だ」

ドレスの礼をしていたはずなのに、話がどんどん思いもよらぬ方向に逸れていく。

彼が心配してくれるのは嬉《うれ》しいが、認めてくれていると思っていたジョシュアにそんなことを言われて私は少しむっとした。

「そうかもしれませんが、今の家に暮らし続けるよりはマシです。このまま家にいたら、お金のためにどんな相手と結婚させられるかわかりません。父のことですから、お金さえ積まれればどんな相手にでも私を売り渡すでしょう」

実際、没落を脱した後の一番の懸案《けんあん》事項はこれだった。

先ほどの態度からもわかるように、父が私を目の敵にしているのは明らかだ。

そんな邪魔者を追い出すために、例えば裕福な商人とか、悪趣味な老人にさっさと嫁がせようとしてもまったく不思議ではない。

もうゲームのストーリーからは完全に逸れてしまったので、私がどうなるかなんて誰にもわからないのだ。

だからこそ、私は自分の人生のために戦わねばならない。

唯一の救いは、私のモブだからこその凡庸《ぼんよう》さだろうか。

特に目立つような容姿ではないため、今のところ実家が貧乏であることも相まって結婚の申し込みはないようである。

私の話を聞くと、ジョシュアは唖然としたようだった。

無理もない。おそらく逆の立場だったとしたら私もドン引きしていたことだろう。

「すいません。こんな話をしてしまって」

「いや……」

そう言ったきり、ジョシュアは何かを考えているように黙り込んでしまった。

やがて馬車が動きを止め、私たちはパーティー会場である城に辿《たど》り着いたのだと知る。

華やかな場所に向かうはずなのに、こんなに気が乗らないのはなぜだろう。

使節団との面会が億劫《おっくう》なのか、それともジョシュアとの気まずい空気のせいなのか。

『ジョシュア・ユースグラット様及び、シャーロット・ルインスキー様！』

朗々と読み上げられる自分たちの名前を聞きながら、大広間の扉をくぐる。

広々とした大理石の床のダンスホールに、天井には信じられないような大きさの神々が描かれたフレスコ画。

そしてその狭間《はざま》を行きかう、南国の鳥のように様々な色合いで着飾った人々。

目に入るものが何もかも特別過ぎて、この世界に慣れたつもりでいた私でも、思わず目がくらんでしまうほど。

私は思わず大きなため息をついた。

ジョシュアの家のパーティーに出て少し慣れた気になっていたけれど、真の社交界というものはこんなにも華やかで圧倒的なのだと、私は改めて思い知った。

そして、そのことに胸がいっぱいになってしまって、私はしばらくの間ちっとも気付かなかった。

名前が読み上げられた瞬間から、私たちを追う視線が複数あることに。

特に、花園のように令嬢の大量の花々が咲き誇る方向からの視線が多い。扇で顔を隠しながらも、視線はちっとも隠す気がないのか、突き刺さる視線の数で穴が開いてしまいそうだ。

私はすぐに、その視線の理由を悟った。

なにせエスコート役のジョシュアは、公爵家の継嗣《けいし》であり王太子の側近。将来、出世間違いなしの有望株である。

それは言い換えれば、最高の花婿候補ということで。

更に貴族の中では珍しいことに、彼はまだ婚約者すら決まっていない。

確かゲームではエミリアの異常なブラコンによって、婚約ができないという設定があったはずだ。

そんなジョシュアが、城のパーティーに縁のない貧乏貴族の娘をエスコートして入場してきたのである。視線を集めない方がおかしい。

セリーヌは一体なんて相手にエスコート役を頼んでくれたんだ。

今の状況を把握した私は、ジョシュアの肘にかけていた自分の手を解《ほど》き、その場で立ち止まった。

「どうした？」

ジョシュアがすぐそれに気付き、不思議そうな顔をする。

「あ、ありがとうございました」

「何を……」

「ジョシュア様はお忙しいですよね。わたくしは一人でも大丈夫ですから！」

一刻も早くジョシュアの傍から離れるべきだ。私のためにも、そして彼のためにも。

だが、そのまま去ろうとする私の手をジョシュアが掴んだ。

「待て！」

「その……目の届かないところで何かされる方が迷惑だ。黙って傍にいろ」

そう言うと、掴んだ私の手を再び己の肘に掛けさせた。

そんなことを言われては、彼から離れられなくなってしまう。

そのましずしずと、ジョシュアは滑るように歩き始めた。

私は予想もしていなかった展開に、ただただ顔が熱くて何も考えられずにいた。

そのままジョシュアに連れられて広間の最深部まで移動すると、急に人混みが途切れて開けた一画に出た。

その中央部に一段高い台座が作られ、台座の上には玉座があった。

座するのはウィルフレッドの父であり、この国の王であるファーガソン三世陛下である。初めて間近で見る国王は、たっぷりの威容《いよう》を湛《たた》えそこに存在していた。

玉座の左右にはそれぞれ椅子が一つずつ設《しつら》えられ、向かって右側には王妃が。左側には王太子であるウィルフレッドが座っている。

既に見慣れた感のあるウィルフレッドも、制服ではなく礼装に身を包んでいると改めて遠い人なのだと感じる。

彼ら王族の前には挨拶《あいさつ》をするために行列ができていて、心情的にも現実的にもその距離は遠い。

ついぼんやりとそんなことを考えていると、ジョシュアは目の前の行列などものともせずずんずん先へ行ってしまう。

「ジョシュア様っ」

思わず非難の声を上げたが、彼は気にするでもなく玉座に近づいた。すると心得たとばかりに侍従の内の一人が近づいてきて列を整え、ジョシュアを最前列に紛れ込ませる。

順番待ちをしていた貴族は、それに怒るでもなく慌ててジョシュアに場所を譲った。

私は改めて、ジョシュアもまた特別な人間なのだと実感した。

貴族の中でも最高位である公爵の息子は、城のパーティーでも特別待遇らしい。

だが彼はいいとして私はそうではないだろう。突然王の前に引っ張り出されて心境は喜びよりも混乱が優っていた。

卒業後に政務官になるため城の官吏に自分の存在をアピールできればという気持ちは少しだけあったが、それはあくまで官吏に対するアピールであって国王陛下にまでアピールしたいとはちっとも思っていないのである。

前世で言うと、就職希望の会社の社長を個人的に紹介されたようなものだろうか。いや、相手は国王なので、どちらかというと公務員試験を目指していたら首相を紹介されたような感じだ。

どちらにしろ、私には荷が重い。

しかしジョシュアはそんなことお構いなしだった。

突然の事態に動揺する私をよそに、目の前の先客が去るとジョシュアは足を進め、国王の前に出た。

彼が跪《ひざまず》かない略式の礼をするのと同時に、私も膝を折って何とか作法にそぐうお辞儀をする。謁見《えっけん》などもちろん初めてなのだから、せめて事前に聞かせておいてほしかったと思いつつ。

ジョシュアの顔を認めると、王はその顔にうっすらと笑みを作った。

それは隣にいたウィルフレッドも同じで、笑った顔はやっぱり親子だけあって似ているなと私は現実逃避気味に考えていた。

「ジョシュアじゃないか。随分と久しぶりだな、息災か？」

通常の謁見であれば直答《じきとう》も王の顔を見ることも許されないが、今は夜会なのでそれも免除されている。

最近はウィルフレッドに付き合って学校にもあまり顔を出さないジョシュアだったが、国王と会うのも久しぶりであるらしい。

いやそもそも、久しぶりと言われるほど頻繁に顔を合わせていることの方がすごい相手ではあるのだが。

「お久しぶりでございます。陛下の遍《あまね》くご威光により、日々つつがなく過ごさせていただいております」

ジョシュアがまるでお手本のような口上を述べると、国王はおかしそうに笑みを深める。

「こいつめ。口だけはよく回るようになりおって」

「陛下、ジョシュアは口だけでなく私のためにとてもよく働いてくれていますよ」

横からウィルフレッドが口をはさむと、辺りに和《なご》やかな空気が流れた。

「ところで、隣のお嬢さんはどちらのご令嬢かしら？」

それまで黙っていた王妃によって、会話のキャッチボールが突然こちらに向かって飛んできた。

勉強を重ねたとはいえ圧倒的に経験不足な私は、その球を打ち返すべきなのかそれとも避けるべきなのか、対処に困ってしまった。

するとそれを感じ取ったのか、ジョシュアが落ち着いた様子で言葉を返した。

「彼女は本日、王立学校の代表として参りました、シャーロット・ルインスキーです」

その言葉に促されるように、私はその場でもう一度カーテシーをした。

「初めまして。シャーロット・ルインスキーと申します」

緊張で噛まないか心配だったが、何とか自己紹介をすることができた。

というか、城でのパーティーに出席するからといって、まさか陛下に直接自己紹介する羽目になるなど、想像もしていなかった。

「おお、ルインスキー伯爵の一人娘か」

我が家のような木っ端貴族の名前を国王が知っていたことに、驚きを覚える。

「シャーロットはとても優秀で、王立学校の次期生徒会長なんですよ」

にこやかにウィルフレッドが言う。

すると国王と王妃は感心したように私を見つめた。

晴れがましいというよりは、ひたすらに畏《おそ》れ多かった。本当になんでこんなことになったと、運命の神様を二、三時間問い詰めたい。

「まあ、妹ばかりエスコートしていたジョシュアにも、ようやく春が来たのね」

王妃がやけに華やいだ声で言う。どうやらゴシップの類《たぐい》がお好きらしい。

「ひ、妃殿下……」

隣でジョシュアがたじろいだような声を出した。

そこで横から出てきた侍従が、そろそろ話を切り上げるようにとそれとなく合図を出している。

確かに後ろには長蛇の列ができているのだし、この国で最も尊い身分を持つ三人の時間を、これ以上独占するわけにはいかないだろう。

別れの挨拶をしてその場を辞すると、どっと疲れが出た。

もし隣にジョシュアがいなければ、その場で崩れ落ちてしまったかもしれない。

そして改めて、ジョシュアやウィルフレッドとの差を思い知った。

普段生徒会で話をしているときは身分の差を忘れがちだが、この世界には前世とは違い絶対的な身分差が存在している。

平民から見れば同じ貴族だろうとも、私とジョシュアの間には確固たる身分差が深い谷のように横たわっているのだった。

そのまましばらく歩いて、私は再びジョシュアの肘から手を離した。

「シャーロット？」

「あ、ありがとうございました。まさか陛下にご挨拶できるなんて、光栄で……」

今更震えが来た。

何の震えだろうか。

国王が怖かったのだろうか。

いや――きっと違う。

私は思い知らされたのだ。

そして怖くなった。

これ以上ジョシュアと距離を縮めるのが。自分が、ジョシュアとの距離をきちんととれなくなっていることが。

最初はゲームのキャラクターたちと関わるつもりなんて全くなかったのに、どうしてこんなことになったのだろう。

きっとあとで、思い知らされて泣くことになるのは私の方だ。

「シャーロット、ジョシュア」

そのとき、相次いで名前を呼ばれ面食らった。

どこか不安そうに私を見ていたジョシュアが、声の方に視線を向ける。

私も彼につられて、そちらを見た。

するとそこに立っていたのは、見るも美しい貴婦人だった。

「楽しんでいらっしゃいますか？」

口元を扇で隠しながら、スレンダーな体を際立たせるマーメイドドレスを着たセリーヌが、いたずらを成功させた悪ガキのような顔で立っていた。

「セリーヌ王女殿下……」

普段は呼び捨てにしているものの、公式の場では彼のこともきちんと隣国の王女として扱わねばならない。

だが、礼儀にかなっているはずの私の呼び方に、セリーヌは目に見えて不満そうな顔になった。

扇で口元を隠していてもわかるのだから、よっぽどだ。

「あら、いつものように呼んでいただいて結構よ？　セリーヌと……」

よほど機嫌を損ねたのか、そんな意地の悪いことを言う。

「セリーヌ様ったら」

一応、『様』だけは死守した。

そもそもシモンズ王国の使節団の方々がどこにいるのかもわからないのに、彼を呼び捨てになんてできるわけがない。

そういえば、セリーヌは彼らと行動を共にしなくていいのだろうか。

久しぶりに、同郷の人々と会っただろうに。

とはいえ、性別を偽っているという彼の事情を考えると、使節団との再会が果たして喜ばしいものなのかはわからない。

事前に見せてもらった使節団のリストに、知っている名前はなかった。よってゲームに登場した人物は含まれていないと思われるが、だからといって何も問題が起きないとは限らない。

「セリーヌ王女殿下、使節団の方々とご一緒ではないのですか？」

私と同じように畏《かしこ》まった調子で喋《しゃべ》るジョシュアにも、セリーヌは気味悪げな視線を向けた。

いつもと違うのは申し訳ないが、このパーティーは親善のお題目を掲げてはいるものの一応公式の場である。

どれだけ嫌そうな顔をされようと、今だけは我慢してもらわなければ。

そんなことを考えていると――……。

「セリーヌ様！」

少し離れた場所から、華やいだ声がセリーヌの名を呼ぶ。

今度は三人そろってそちらに目をやると、声のする方から近づいてきたのはブルネットの髪を緩く巻いた美少女だった。

ぱっちりした大きな二重の、ペリドットのような黄緑色の瞳。

思いもよらぬ人物の登場に、私は思わず息が止まるかと思った。

すぐに、どうして彼女がという疑問がぐるぐると頭の中を支配する。

「エヴァ」

優しく彼女を呼ぶ、セリーヌの声。その顔は嬉しげで、その名前の主とどれだけ親しい間柄か伝わってくるようだ。


――エヴァンジェリン・ホワイトフィールド。


紹介される前から、私は既に彼女の名前を知っていた。見せてもらった使節団のリストでも、一番最初に彼女の名前を探したがなかった。

なぜなら、彼女がゲーム中のシモンズ王国人の中で唯一、セリーヌ以外に名前のあるキャラクターだったからである。

セリーヌの秘密を知る、数少ない人物の一人。

彼女は、ゲームの中でセリーヌルートに入ると現れるライバルキャラクター。

つまりエミリアと同じように、主人公との仲を邪魔する悪役令嬢だったのである。

◇　◇　◇

「初めまして」

紹介されたからには挨拶が肝要だろうと、カーテシーをする。

こういう場合、身分が低い方が先に挨拶すべきだが、隣国の侯爵令嬢と我が国の伯爵令嬢を比べるとどちらの身分が上かというのは微妙なところだ。

一応今日は使節団の歓迎パーティーなので、こちらが譲って先に挨拶をした。

ところが――……。

「こら、エヴァ」

エヴァは私を一瞥《いちべつ》した後、何も言わずセリーヌに寄り添った。

まるで私などそこに存在していないような態度である。

「おい……」

隣にいたジョシュアが、エヴァンジェリンに注意しようとしたので止める。

別に無視されたところでどうということはない。それより、ユースグラット公爵子息であるジョシュアがエヴァンジェリンに物言いをつける方が、あとあと問題になりそうだ。

それにしてもこれは一筋縄ではいかなそうな相手だと、私はエヴァンジェリンを見ながら思った。

その後エヴァンジェリンの父で使節団の代表であるホワイトフィールド侯爵や他の使節団員を紹介されたが、案内をするセリーヌの傍《かたわ》らに寄り添いながら、エヴァンジェリンは最後まで私を無視し続けたのだった。

◆ ◆ ◆

パーティーの翌日から、早速使節団は王立学校の視察にやってきた。

昨夜は主賓として夜も遅かっただろうに、まったくご苦労なことだ。

さて、セリーヌが留学してきていることからもわかる通り、現状のシモンズ王国にはこれほどの規模の学校がない。

とはいえシモンズ王国としては、セリーヌをサンサーンス王国の王太子に嫁がせるためにそんな事情がなくとも留学させた可能性はあるが。

ともかく使節団の視察の名目は、サンサーンス王国の王立学校における学校教育システムの視察と、王女であるセリーヌがつつがなく過ごしているのかの確認であった。

パーティーの翌日には王立学校でも、使節団歓迎の式典が行われた。

といってもそんな大層なものではなく、生徒有志の楽団による演奏と生徒会長——私ではなくウィルフレッドの歓迎の言葉があった程度だが。

なら私もといきたいところだが、次期生徒会長として使節団への応対は全て私の管轄下にある。勿論他の生徒会の面々や執行部にも協力はしてもらうが、何かあったときの責任は全て私が負うことになるので気の抜けない日々の始まりであった。

前々から準備はしていたものの、やはり重責を担《にな》う不安はある。

だが悪いことばかりではなく、幸運なこともあった。

それは城から使節団応対のための政務官が派遣されてきたことである。もしこの視察をつつがなく終えることができれば、私の能力をアピールすることができて将来に有利に働くはずである。

そう思いながら、私は自分の隣にいる人を見上げた。

柔らかそうな茶髪に、同色の瞳。目尻に寄った笑い皺が人の好さを感じさせる。身長はジョシュアと同じぐらいか、それ以上はあるだろうか。

ジェラルド・リンフレット、二十五歳。使節団の応対役として派遣されてきた彼は、いかにも折衝に向いていそうな人当たりのいい人物だった。

だがその若さで使節団の応対役を任されているということは、おそらくとても優秀な人物なのだろう。

将来のためにこの人から盗めるものは盗もうと彼を注視していると、圧が強すぎたのか彼を見ていたことに気付かれてしまった。

にっこりと微笑まれ、気まずい思いを味わう。

外交の手腕を盗むことも大事だが、彼に失礼をしては元も子もないので侍従しなければ。

引きつった笑みを返して視線を逸らすと、今度はなぜかジョシュアと目が合った。

彼は不機嫌そうに私から視線を外す。やはり昨日、エスコート役を固辞した件が尾を引いているのだろうか。

周囲の目が気になったとはいえ、ドレスまで用立ててくれた相手にとる態度ではなかった。

静かに内省している間に式典は終わり、一般の生徒は通常の授業に戻ることになった。

昨日の態度を謝ろうと思ったが、式典が終わると同時にウィルフレッドとジョシュアは公務のため城に帰ってしまい、彼との微妙な雰囲気を払拭《ふっしょく》することはできなかった。

「ミス・ルインスキー？」

去っていくジョシュアを目で追っていると、ジェラルドに声をかけられはっとする。

いけないいけない。今は他のことにかまけている暇などないのだ。まず何よりも視察の応対を優先させなければ。

私は慌てて意識をジョシュアから引き剥《は》がすと、事前の打ち合わせ通り使節団の方々を校内に案内する。

一応この後は校内の見学ということになっているが、式典の直後なので一度控室に入り休憩してもらうのがいいだろう。

物珍しそうに校内を視察する一団を連れて、私は事前に用意しておいた控室へと向かう。

一応この学校内にも来客用の応接室があるのだが、使節団の人数は外交官とその側近で十人を超えるため、応接室では手狭だろうと空き教室の一つを控室として整えた。

空き教室とは言っても、前世の学校などとは違って一部屋一部屋が緻密に装飾された建物である。事前にミセス・メルバに相談して新しい絨毯《じゅうたん》を敷き家具を運び込んでもらうと、控室というにはあまりにも立派な応接室が出来上がった。

視察の期間中は使節団は城で寝泊まりするので、ベッドまでは必要ない。要は大人数が休むことさえできればいいのである。

というか、使節団の寝食まではさすがに面倒見切れない。

そもそもこの王立学校の生徒はほとんどが貴族の子女なので、皆自宅から馬車で通学してくる。学校に泊まり込む教師などもいるが、基本的にそんな大人数を受け入れるような宿泊設備は、もともとこの学校には存在していないのである。

それに場所はどうにかなったとしても、圧倒的に使用人が足りない。

控室で、私はセリーヌやエミリアと共に改めて使節団に挨拶をした。何人か昨日のパーティーで紹介された人もいるが、中には初対面の人もいる。

年のいった学者然とした人物から、いかにも貴族らしい外交官。それに若い下働きなど、使節団と一口に言ってもその肩書きは様々だ。

私の知識によると、シモンズ王国は我がサンサーンス王国の隣に位置する小国である。国力こそ我が国に劣るものの、急峻《きゅうしゅん》な山地を領土としその山々が育んだ兵士は精強で知られ諸外国に傭兵《ようへい》を輸出している。

そう、セリーヌを見ていると信じがたいが、シモンズ王国は基本的に武が尊ばれるお国柄なのだ。なので使節団のメンバーも、なんというかサンサーンス王国側と比べて筋肉二割増しという感じだ。いかにも学者然とした人でさえそうなのだから、私の仕入れた事前知識は間違いではないのだろう。

「盛大な式典をありがとうございました。特に楽器演奏は素晴らしかった。こちらでは楽器を嗜《たしな》まれる方が多いのですね」

私に話しかけてきたのは、使節団の団長であるマーカス・ホワイトフィールドだった。

かつてシモンズ王国の騎士団団長を務めたこともある豪傑で、初老にさしかかってはいるものの、その身体《しんたい》は筋骨隆々である。

彼は一角《ひとかど》の戦士であると同時にシモンズ王国の侯爵でもあり、騎士団を引退後もこうして国政に関わらねばならないのだと困ったように笑う。

同時にその名からもわかるように、彼はエヴァンジェリンの実の父である。

昨夜のパーティーでエヴァンジェリンに遭遇した後、私たちは彼女の父であるホワイトフィールド卿を紹介された。

リストに名前がなかったエヴァンジェリンが使節団の一員として我が国にやってきたのは、使節団の団長が実の父だったからだろう。

実際、彼を紹介されたパーティーの席上で「娘がついてくると聞かなくて」と明言していた。

困った風に言いながら顔は嬉しそうだったので、親子仲はいいらしい。

今世の親子関係最悪の私からすれば、羨《うらや》ましいことこの上ない。

「懐かしいですね。ここはあの頃と変わっていない」

そう言ったのは政務官のジェラルドだった。

「ジェラルド様は王立学校の卒業生なのですか？」

ジェラルドはまだ若い。この学校の卒業生だとしたら、卒業したのはそう遠い昔のことではないだろう。

「ええ。当時はよく教師の方々に絞られましたよ。ですが今は、厳しくしていただいたことに感謝しています」

まるでお手本のような答えだ。

ゲームに出てこなかったのが不思議になるほどの好青年ぶりである。

そこに、セリーヌに夢中と思われたエヴァンジェリンが突然口をはさんでくる。

「学校とはとても素敵なところなのですね。早くセリーヌ殿下がどのように日々を過ごされていらっしゃるのか拝見したいです」

さすが主人公のライバル役たる悪役令嬢だけあって、エヴァンジェリンは昨日のパーティーといい今日といい、セリーヌにべったり貼り付いて離れない。

幼なじみと再会した気安さからか、セリーヌの顔にはいつもの人を食ったようなそれとは違う、自然な笑みが浮かんでいる。

複雑な境遇だからこそ、そして異国の地で暮らしているからこそ、この予想外の再会を喜んでいるに違いない。

セリーヌのためにはよかったなと思いつつ、私は第二の悪役令嬢であるエヴァンジェリンの到来に一抹《いちまつ》の不安を覚えていた。

だが、起きてもいないことを不安がってもしょうがない。大変だということは使節団が来る前からわかっていたことだ。

とにもかくにも、こうして私の激動の日々は幕を開けたのだった。

◆ ◆ ◆

華やかな夜会を、遠くから見つめている男がいた。

王立学校の時計塔からは、城の様子がよく見える。

城を取り囲む市街でも、今日は隣国の使節団を迎えた祝賀記念に、無料でワインが振る舞われていた。風にのって人々の楽しそうな声が響く。どれだけ夜が更けても人々の楽しげな声と明かりは一向に絶える様子がない。

一方で、男の心中はまるで黒いインクを飲み込んだかのように真っ黒だった。

いくらワイングラスを傾けても、先ほどからちっとも酔うことができない。

黒い感情はまるで地獄の業火《ごうか》のように、身の内から全てを焼き尽くそうとするかのようだった。

祖国への恨み。己の不甲斐《ふがい》なさへの怒り。そして大切な人を守ることができなかった悲しみ。

少しじっとしているだけで、それらの感情がない交ぜになって己を喰《く》い破りそうだ。

だからこそ、この計画は成功させなければならない。

己を守るために。この醜い感情を飼いならすために。

愚かな平和主義者は、そんなことをしても何もならないと訳知り顔で言うだろう。

だが、そんなことはない。少なくとも炎で焼かれるこの身を救う方法は、ほかにはないのである。

男は決意していた。

必ず思い知らせねばならない。

自分たちがどれほど愚かな行いをしたのか、あの者たちに思い知らせねばならない。

男はグラスに残ったワインを呷《あお》った。

街は華やかなままだ。人々の楽しげな様子が、男のほの暗い情念を煽《あお》ったのは間違いない。

男の企みはこの国そのものを混乱に突き落としかねないものだった。

だが今は、男の燃え上がる復讐心やその無茶な企みを知るものは一人もいない。

彼は孤独だった。

そしてその孤独を慰《なぐさ》めてくれた大切な人とは、もう二度と会うことができないのである。

悲しみは復讐心を呼び、憎悪を燃え上がらせ、人々の笑い声はその炎を更に燃え上がらせるばかりだった。

そしていつの間にか、男は時計塔から姿を消していた。

彼の計画は、既に下準備を終えて実行を待つばかりとなっている。

城にいるはずの彼の憎しみの対象は、そんなことを知る由《よし》もなく今頃はパーティーを満喫しているに違いなかった。

男がいた場所には、今はひゅうひゅうと冷たい風が吹きつけるばかりである。

第三章　伯爵令嬢には荷が重い

視察初日の滑り出しは、大成功と言ってよかった。

式典は滞《とどこお》りなく済んだし、城から派遣されている政務官との連携も問題なかった。

視察の日程は、五日ほどの予定だ。

期間中、私は授業返上で使節団の人々に付くことになっている。だが基本的に使節団の相手をするのは政務官のジェラルドで、私はそのジェラルドの補佐をするといった形だ。

使節団の一団が別行動を希望する場合には、エミリアと執行部の手も借りることになる。

さすがにシモンズ王国民の前でセリーヌをこき使うわけにはいかないので、彼には主に応対する上でのアドバイス役をお願いしている。

生徒たちも基本的に貴族の子女なので、国賓に対して無礼な態度を取る者はいない。

シモンズ王国は国力こそサンサーンス王国に劣るものの、有事の際には軍隊を派遣してもらう関係上、粗末にはできない相手だ。

貴族の中には彼らを粗暴だと揶揄《やゆ》する者もいるらしいが、我が校には幸いセリーヌがいるので、誰もそんなことは口にしない。

セリーヌの普段の貴婦人ぶりは、それほどまでに完璧だということだ。

男女ともにファンも多く、実は私宛ての脅迫文の犯人は彼のシンパなのではないかと、私は密かに疑っている。

おっといけない、話がそれてしまった。

とにかくそんな予定でスタートした視察だったが、二日目からいきなり問題が発生した。

それはエヴァンジェリンが、是非セリーヌに学校内を案内してもらいたいと言い出したからだった。

彼女の父であるホワイトフィールド卿は不敬だろうと渋い顔をしたが、セリーヌはかわいい妹分の願いだからとその要望を聞き入れた。

というわけで視察の二日目から、セリーヌとエヴァンジェリンが仲睦《なかむつ》まじくしている様《さま》が、学内の各所で目撃されることとなったのである。

それにより多少の調整は必要であったものの、これでエヴァンジェリンに近づかなくてすむと私は内心でほっとしていた。

だが、それをよく思わなかったのは例のセリーヌのシンパたちである。

セリーヌとエヴァンジェリンが女同士だろうと関係なしで、エヴァンジェリンに嫉妬する者が相次いだ。

最悪、私はこれでなにかあれば外交問題だと、必死に火消しして回った。

なにせエヴァンジェリンは使節団団長の愛娘《まなむすめ》である。ホワイトフィールド卿が娘を溺愛《できあい》しているることは、彼女が使節団と共にやってきたことから考えてほぼ間違いないだろう。

そんなエヴァンジェリンに何かあったら、今までの努力は水の泡であり、我が校の悪名は遠く異国の地にまで鳴り響くことになってしまう。

視察二日目の終わり、私は執行部に所属するセリーヌの取り巻きたちからセリーヌシンパの不穏な動向について報告を受けながら、どうしてこんなことにまで気を回さねばならないのだと頭を抱えたくなった。

◆ ◆ ◆

視察三日目。

私は朝一で、セリーヌを生徒会室に呼び出した。

彼には大変申し訳ないが、いくら次期生徒会長とはいえ一介の伯爵令嬢が隣国の王女に仕事をお願いしているところなど使節団には見せられない。

というわけで、自然と時間は使節団が城からやってくる前。更に人目に付きにくいよう生徒会室までご足労いただいたというわけである。

時間通りにやってきたセリーヌと顔を合わせると、一日会わなかっただけなのになぜか彼が随分と疲れているように感じられた。なにせいつも身支度完璧の彼が、今は少し髪が乱れ表情もどこか投げやりになっている。

「あの……お呼びだてして申し訳ありません……」

その顔を見た瞬間、思わず本気で謝罪してしまった。

彼が突然呼び出されたことに本気で怒っているのかと思ったからだ。

「いや、気にしないでくれ……」

気にするなと言われても、セリーヌの疲れっぷりを気にしないのは無理である。

「ですが」

「いや、お前に呼ばれたから疲れているわけじゃないんだ」

そう言いつつ、セリーヌはぞんざいに椅子を引き、どかりと腰を下ろした。

「久しぶりなんで、エヴァがああいう奴だということを忘れていた」

何が言いたいのかわからず首を傾げていると。

「久しぶりに会えたのは嬉しいが、エヴァには悪癖があってな」

「悪癖、ですか？」

「ああ。どこに行っても俺を独占したがるんだ。果てにはトイレまでついて来ようとするし、この学校の連中はなんだかんだで王族である俺に遠慮してくれるから、久しぶりにエヴァの相手をすると疲れてしまってな」

これは思いもよらぬ展開だ。

確かにどこでもついて回っている――そしてセリーヌのシンパの反感を買っている――と耳にしてはいたが、まさかセリーヌ本人が疲れ果てるほどとは思ってもみなかった。

ゲームの中にもこんな情報は出てこなかったので、よっぽどなのだろう。

普段完璧な身だしなみも乱れるくらい疲れているセリーヌに、私は思わず同情してしまった。人に好かれるというのも、なかなかに大変なようだ。

「そういえば聞きそびれていたのですけれど、ホワイトフィールド父子はあなたが男性だとご存じなのですか?」

ゲームをしていたのでエヴァンジェリンが既知《きち》だとは知っているが、父親のホワイトフィールド侯爵についてはわからない。

乳母兄妹ということは侯爵の妻がセリーヌの乳母なのだろうし、まあ知っていてもおかしくはないのだが。

「ああ、知っている。マーカスには昔から世話になっているんだ。貴族には珍しく裏表のない人だよ。国王なんかじゃなくて、あの人の息子に生まれればこんなことにはならなかったんだろうな」

よほど参っているのか、それとも久しぶりにホワイトフィールド父子にあったからか、普段は現実主義なセリーヌが随分と感傷的になっていた。

確かに侯爵とはいえホワイトフィールド卿の子であれば、彼は女として育てられることもなかっただろう。

彼ももう十八歳になる。女として生活するにはそろそろ限界のはずだ。

ゲームではセリーヌ攻略ルートに入らない限りあまり関わることがないので、主人公と結ばれなかったセリーヌがどのように女装を止めるのかというエピソードは出てこない。

今まで生徒会のことにばかり必死でそのことについて話したことはなかったなと考えていると。

「とはいえ、少なくとも視察期間中はエヴァンジェリンのお守りに徹するよ。その方が、お前の仕事も楽になるだろう?」

確かに、エヴァンジェリンの目的はセリーヌなので、彼女さえセリーヌといてくれれば私は使節団の方に集中できる。

だが、目の前のセリーヌの疲れっぷりを黙殺できるほど、私は仕事至上主義ではなかった。

「でも、そのエヴァンジェリンの態度が生徒からあまりよく思われてないみたいなの。だから、今日は私がエヴァンジェリンを案内する。セリーヌは、使節団の方の案内を頼める?」

私がそう切り出すと、セリーヌは目を丸くした。

「なんだって? なんで生徒に——ってああ、そうか。俺の取り巻きの連中だな」

すぐに理由を悟ったのか、彼は呆れたようにため息をついた。

「女が女を取り合って嫉妬してどうするよ。世の男連中が泣くぞ」

男であるセリーヌからすれば、そんな感想が出るのも無理はないのかもしれない。けれど私からすれば、さほど不思議でもないというか。

女の嫉妬と独占力は並大抵ではないのである。

勿論普通ならこんな騒ぎにはならないのだが、ファンの多いセリーヌが対象であれば対処が面倒とは思うものの不思議と嫌とまでは思わない。

「気を抜かないでくださいよ。今日は何とかなると思いますが、流石に二日連続で交代は無理です。今日の内にあなたのファンの方にも手を回しておいてくださいね」

「おいおい、随分と人使いが荒いな」

そう言いながら、ようやく元気が戻ったのかセリーヌが不敵に笑った。

やはり彼はこうでなくては。疲れて弱みを見せるなんて、セリーヌらしくない。

「いやですわ。シモンズ王国の王族であらせられるあなた様を、使うだなんてまさか。ただわたくしは、ご忠告申し上げただけですのよ」

わざとミセス・メルバの口調を真似て言うと、セリーヌが吹き出した。

ミセス・メルバはセリーヌにも遠慮せずガンガン指導するので、見ている方がそわそわしてしまうほどなのだ。

学年こそ違うが、おそらくウィルフレッドの授業でもミセス・メルバは贔屓《ひいき》なく彼女らしさを発揮しているに違いない。

なんだかちょっと見てみたい気もする。

さて、そういうわけで今日の視察予定をセリーヌと共有し、問題が起こらないよう打ち合わせをしていると、突然扉をノックする音が響いた。

不思議に思い、セリーヌと顔を見合わせる。

時間的には生徒が登校してくるまでまだ時間があるはずだ。

普段なら私たちだって登校していないはずの時間である。

「どうぞ」

声をかけると、ノックの主が扉の隙間から顔を出した。

やってきたのは、王立学校で教師をしているサイモン・クリフォードだった。

彼は銀色の髪を撫でつけ眼鏡をかけている。普段はほとんど関わりがないが、彼もまたゲームの攻略対象キャラクターだ。それだけに顔面偏差値は大変高い。

といっても、常に元攻略キャラたちと交流があるので人の顔の美醜《びしゅう》については麻痺《まひ》してきている気がする。

元モブだけあって、私の顔は平凡そのものだしね。

「誰かいるのかと思ったら、君たちか。朝早くからご苦労様」

どうやら、サイモンは私たちの会話を聞きとがめて誰がいるのか確かめようとしたらしい。

「先生こそ、随分お早いんですね」

授業まではまだ間がある。確か彼は校内にある教師用の宿舎に暮らしているはずなので、もっとゆっくり出勤してきても問題ないはずだが。

「ああ、それがどうも、妙な噂を耳にしてな」

「妙な噂？」

「ああ。ホワイトフィールド卿の政敵が放った刺客が、この王立学校の敷地内に入り込んでいると……」

一瞬で、目の前にいたセリーヌの顔色が一変した。

おそらく私の顔も、大いに強張《こわば》っていることだろう。

「一体どこで、そんな噂を……」

私たちの深刻な様子に気付いたのだろう。サイモンは言いにくそうに言葉を続けた。

「いや、あまり深刻にならないでくれ。これがまた、噂というのもおこがましいような話で」

「というと？」

「まず、校内で見知らぬ男を見かけたと生徒から相談を受けた。三日ほど前のことだ」

三日前というと、城で使節団の歓迎式典が行われた日だ。

「君たちも知っていると思うが、王太子も通うこの王立学校の警備は厳重だ。なのでその見知らぬ男というのは、視察の対応のため城から派遣されてきた人間ではないかという話になった。実際、部外者の入退場を記録するゲストブックには、城からの派遣という名目で数名の入場者がいた」

「なるほど。だから生徒会にも連絡がなかったのですね」

もし本当に不審者が校内に入り込んだのであれば、生徒たちに注意喚起《かんき》するためすぐにでも生徒会に連絡が入ったことだろう。

しかしそれがなかったのは、不審者とは城から派遣されてきた官吏であるから問題ないと、既に結論に至っていたためだったのだ。

「そうとも」

我が意を得たりと、サイモンは深く頷く。

だが、彼の話は今のところまだ矛盾したままだ。

おそらくこの話にはまだ続きがあるのだろう。

「それで、それがどうしてホワイトフィールド卿の政敵が放った刺客に繋《つな》がるのですか」

刺客というのはあまりにも不穏だ。なにせホワイトフィールド卿が狙われ、もし殺されようものなら、深刻な外交問題になってしまう。

いや外交問題云々《うんぬん》がなくても、人が死ぬなんて大変なことだ。

ここにはホワイトフィールド卿の娘であるエヴァンジェリンもいるのだし、慎重には慎重を期するべきである。

しかし私の問いに答えたのは、サイモンではなくセリーヌの方だった。

「マーカスは元騎士団団長ということで軍部に強い影響力を持っているが、自身は積極的な傭兵の派遣に対して否定的だ。しかし傭兵の派遣は我が国の生命線。当然敵も多い」

沈痛な面持《おもも》ちでセリーヌが語る。

「ああ。それで昨日、使節団の一人と国際情勢について意見を交わしていたときに、この訪問中の殺害を仄《ほの》めかすような文《ふみ》も届いているという話を聞いたんだ。ただ、ホワイトフィールド卿自身はあまり気にしておられないらしい。立場が立場だけに、似たような脅しは星の数ほどあるそうでな」

「星の数ほど……」

私は呆れてしまった。

それと比べれば生徒会に届く私宛ての脅迫状など、かわいいものだ。

一体どういう人生を送れば、殺害予告が多すぎるので気にしないなんて事態になるのか。

唖然とする私の隣で、セリーヌはいかにもあり得る話だとばかりに頷いている。

「それで先生は、朝早く見回りをしていらっしゃったということなのですか?」

「ああ。結論が出ている不審者の件とその脅迫を結びつけるのは考えすぎかとも思ったが、何やら妙に胸が騒いでな。だが、この話を君たち生徒会に伝えられたのはよかった。今日も使節団諸氏の随行は大変だと思うが、頑張ってほしい。教師としてこんなことを君たちに頼むのは情けないが、やはり家格の差はいかんともしがたいからな」

この学校は前世で通っていた学校と違い、少し特殊だ。

なにせ生徒のほとんどが貴族である一方、教師は貴族であっても位が低かったり、平民の出であったりする。

その身分差によって教師が蔑《さげす》まれるようなことはないが、例えば以前のエミリアのように教師の言うことを聞かない生徒もいるわけで。

なので、このような対外的にも重要な視察という一大イベントの際に、生徒会が中心になって指揮を執《と》るのも、教師の身分では手に負えない事態が起きたときに対処するためなのだ。

確かサイモンはゲームの設定上、侯爵の庶子《しょし》だったと記憶しているが、彼はそのことを公表していない。

話は逸れたが、とにかく私たちも偶然とはいえこの話を聞くことができてよかった。

どれだけ事件が起こる確率は低かろうと、ゼロでないのなら対策はするべきだ。

時間がないのでウィルフレッドに急使を出して、視察期間中の護衛を増やしてもらおう。派遣されている政務官のジェラルドをないがしろにする形になってしまうが、彼が使節団と一緒に学園に来てからでは間に合わない可能性がある。

「お知らせいただきありがとうございました。気を引き締めて事態に当たらせていただきます」

セリーヌと頷き合ってサイモンに返事をすると、彼はほっとした様子で部屋を出て行った。

二人きりになると部屋の中がしんとして、セリーヌの静かな怒りが伝わってきた。

ホワイトフィールド卿と旧知の仲であるセリーヌには、やはり今の話に思うところがあるのだろう。

戦争において、自国民でない屈強な戦力であるシモンズ王国の傭兵は、諸外国にとって都合のいい存在である。

それだけ聞くとシモンズ王国にとって不平等で一方的な契約のようにも聞こえるが、国土のほとんどが山岳地帯で農耕に適さないシモンズ王国としても、傭兵産業は外貨を獲得するための貴重な手段なのだ。

傭兵が外に出て外貨を稼いでいるからこそ、他国との貿易によって食糧を買いシモンズ王国の人々は飢えずに暮らしていける。

正論だけでは語れない歪《いびつ》な均衡《きんこう》がそこにはあって、解決には長い時間と根気が必要なのだ。

自ら騎士団団長として戦場に出向いていたであろうホワイトフィールド卿の意見も、わからなくはない。

前世の感覚で言うならば、きっとホワイトフィールド卿の意見に同意しただろう。戦争はよくないものだからと。

しかしシモンズ王国という国は、傭兵を出さなければ収入減が断たれ自滅してしまう。

だから私が簡単に、そんなことはやめるべきだと言えるような立場ではないのだ。

ただ一つわかるのは、何があってもホワイトフィールド父子には無事でいてもらわねばならないということ。

ホワイトフィールド卿とて、己の主張の危うさはわかっているはずだ。

届いた脅迫をこちらに知らせなかったのも、いつものことだからと重要視していなかったからなのだろう。いつものことと思えるほど、彼は常に危険に身を晒《さら》しているのだ。けれど反対意見を主張する人が一人もいなければ、シモンズ王国は今後もずっとこのままになってしまう。

本当に本当に、難しい問題なのだ。

私がホワイトフィールド卿を守らなければと思うのは、勿論保身もある。この視察中に、それも学校内で襲撃事件が起きて外交問題なんて起こされてはたまらないと思う。けれどそれ以上に、自分の主張を通すため人を殺してもいいという考え方が気に入らない。わざわざ他人の国で、事を起こそうとする身勝手さも。

「私はウィルフレッド殿下に急使を出してきます。学園の警備と護衛の増強を願い出るつもりです。セリーヌは――」

「わかっている。執行部を使って不審者の目撃情報を集める。同時に、今日の視察ルートの安全確認と本人たちへの注意喚起」

「助かります。さすがに私からでは内政干渉になりますので」

ホワイトフィールド卿があえて伏せていることを、指摘して注意喚起するなど貧乏伯爵の娘には荷が重い。というか、多分、王太子のウィルフレッドにすら難しいだろう。

この問題はあまりに繊細過ぎる。

そこを考えると、セリーヌはもともとシモンズ王国の人間だから、内政干渉には当たらない。ホワイトフィールド卿と元々交流があり、更に彼に命令できる王家の人間ということも大きい。

今の話を、セリーヌと一緒に聞くことができてよかった。

後から伝えようにもデリケートな話題だし、一人では動揺して今後の見通しを立てるのにも苦労したはずだ。

そう思っていると……。

「……シャーロットが一緒でよかった」

考えていたことと全く同じことを言われて、思わずはっとした。

あんな話を聞いて、セリーヌだって冷静でいられるわけがない。

「お前が冷静で助かったよ。俺はダメだな。マーカスなんて気にしてもいないのに、一人で勝手に動揺したりして……」

「親しい人が狙われていたら、動揺するのは当たり前です。私こそ、セリーヌがいて助かったと思っていますよ。脅しだけで、本当に何もない可能性だってあります。全部終わってから、結局取り越し苦労だったと笑えれば私たちの勝ちです」

そうだ。まだ何も起こっていないし、起こさせなければいいだけの話だ。

私の言葉に、セリーヌの顔にはいつもの不敵さが少しだけ戻ってきた。

「ああ、そうだな。勝ちに行くぞ」

「ええ殿下。仰《おお》せのままに」

それからすぐに、私たちは行動を開始した。

◆ ◆ ◆

「こちらが学内の図書館になります。王家から寄贈していただいた書物の量は、有名なリーシリュ古代図書館都市の蔵書にも匹敵《ひってき》すると言われているんですよ」

私は顔に笑みを貼りつけながら、事前に覚えてきた口上を諳《そら》んじた。

私の目の前には、いかにも不満そうな淑女が一人。

エヴァンジェリン・ホワイトフィールドは、今日の案内役がセリーヌから私に変更になったと知ったときから、不満そうな顔を隠そうともしない。

まあ、気持ちはわかる。

セリーヌとエヴァンジェリンは久しぶりの再会だったのだし、視察の間は——というか使節団がこの国にいる間は、ずっとセリーヌと一緒にいるつもりだったのだろう。

ゲームの中でエヴァンジェリンはエミリアと違い、意地悪をするのではなくヒーローにしつこくするタイプの悪役令嬢だった。そのしつこさがいい感じのスパイスとなり、ヒーローとヒロインの仲が深まっていったのは皮肉としか言いようがなかったが。

だが意外だったのは、案内役が私に変更だとわかった後も、図書館に行きたがったことだ。

てっきり使節団及びセリーヌと行動を共にしたがるかと思ったが、余程図書館に興味があったらしい。

「図書館の見学がご希望と伺《うかが》っておりますが、どうなさいますか？　ご希望の本があれば読むことも可能ですが――」

不機嫌さを隠そうともしない彼女相手に案内を進めていると、やがてエヴァンジェリンの怒りが爆発した。

「図書館を見学したいと言ったのはセリーヌ様がいらっしゃってこそよ！」

図書館に人気《ひとけ》がないからか、彼女は眉を吊り上げて私に詰め寄ってきた。

「そもそも、どうしてあなたがセリーヌ様の代わりに案内なんかするわけ⁉　今日だってあなたがお父様の方についていればよかったじゃない！」

私はなんとか笑顔を浮かべつつ、エヴァンジェリンの集中砲火に耐えた。

いやいやあーた、それだと父親には私のようなみそっかすで十分と聞こえなくもないぞ。

私が名家のお嬢様だったらどうするつもりだったのだろう。もしここにいたのがエミリアだったら、最悪の場合外交問題になってもおかしくないと思う。

私は脳内のメモ帳のエヴァンジェリンの欄に、『セリーヌのことになると見境がない』の一文を追加した。

とにかく私の任務は、視察がうまくいくよう生徒会長として万事を取り計らうことだ。

追加の人員がくるまではあまり大っぴらに動かない方がいいと、視察団の方はセリーヌによって控室に缶詰めになっている。

私はなかなかセリーヌと離れたがらないエヴァンジェリンをなだめすかし、昨日のうちに約束していたという図書館にセリーヌの代わりに案内した。

彼女を連れ出したのは、今日は二人きりになれなそうだと悟ったエヴァンジェリンがひどくごねたせいだ。

エヴァンジェリンに甘いホワイトフィールド卿がどうしてもというので、ではセリーヌではなく私であればということでここまで連れてきた。

セリーヌはもとより政務官のジェラルドも私たちの話を聞いてあちらに釘付けになっているので、こちらには私とエヴァンジェリン、それに護衛はほとんどをあちらに集中させているため、遠巻きに安全を確保している騎士が二人ほど。

建物に入ると、利用者はまず天井にはめられたステンドグラスに目を奪われる。無限に水が湧きだす壺を持った女神や、尾が蛇の獅子。

日本とは違う、この世界独自の星座がモチーフとなっている。

もともと王立学校の建物は王家の持ち物であるが、この図書館はここが学校になる前からの建築物だそうだ。

本の劣化を防ぐために日光は大敵だと思うのだが、もともとあった建築物を図書館に流用したせいで存分に光を取り入れる設計になっている。

といっても、本棚には日よけがついているので問題はないのだろう。

本の保管という観点を度外視すれば、美術品のようなステンドグラスから光が降り注ぐ光景は、なかなかに壮観だ。

ゲームではこの図書館で起こるイベントがいくつもあったので、なんだか感慨深い気持ちになった。

ゲームの中では秘密の階段から屋根の上に上がるイベントがあったのだが、実際に図書館にやってくるとフロアが吹き抜けになっていて思った以上に天井が高い。

あの上に上るのは恋愛とは違う意味でドキドキしそうだと思いつつ、私は意識をエヴァンジェリンに移した。

全く、厄介なことになった。

何事もなく思い過ごしで済めばいいが、本当に刺客とやらが学校内に潜入しているとなると大事《おおごと》である。

こんなイベントはゲーム内にもなかったので、頼りのゲーム知識も役に立ちそうになかった。

実際に学校で勉強してみるとゲームでは明かされていなかった国際情勢などに、やっぱり現実の世界なのだなあと思ったりはしたが、まさかそれがこんな風に関わってくるなんて。

それにしても、エヴァンジェリンはエヴァンジェリンで父親が複雑な立場にあるというのに随分と呑気である。

元騎士団団長だという父の強さを信頼しているのか、それとも襲撃などあるはずがないと高をくくっているのか。

どちらにしろ、相手をするのが面倒であることに変わりはない。

早くこの時間が終わってくれないだろうかと考えていると、突然スカートの裾をたくし上げてエヴァンジェリンが走り出した。人気がないとはいえ、図書館の中をである。

「エヴァンジェリン様⁉」

叫ぶ私の声は裏返っていた。

もう礼儀作法などお構いなしで、私は彼女の走りに食らいつく。制服なので走りにくいことはないが、こんなところをミセス・メルバに見られたら一体何と言われるか。

「お待ちくださいエヴァンジェリン様！」

私は声を張り上げた。エヴァンジェリンを止めるためと言うより、護衛の騎士に追いかけるよう促すためだ。

騎士たちは令嬢のあり得ない行動にあっけにとられ、追いかけていいものか対応を決めかねていたので。

そりゃあ思わないよな。ドレスを着た令嬢が案内も護衛も振り切って逃げだそうとするなんて。

それも自国より圧倒的な国力を持つ大国で、だ。

この時点で私のエヴァンジェリンに対する好意は完全にマイナスに傾いた。

いくら友好を結んでいる相手だといっても、彼女の一挙手一投足で両国間の友好に亀裂が入ってもおかしくない事態である。

そして彼女の行いは、そのままセリーヌへの裏切りでもあった。

女装がばれないよう神経をすり減らしながら、セリーヌがどうやって学内において今の地位を確立したのか彼女はわかっているのか。

エミリアが王太子妃になるのをよく思わない者たちに婚約者候補へと祭り上げられ、結婚などできるはずがないと知りながら取り巻きをうまく誘導し派閥を形成しながらもエミリアと決定的に決裂することもなく、彼はまるで綱渡りのように今日まで異国の地で生きてきたのだ。

それこそが彼の強《したた》かさであり、我慢強さの証左と言えるのではないか。

しかしエヴァンジェリンの愚行は、シモンズ王国が反感を買いかねない危険性をはらんでいた。

単刀直入に言うと、私はエヴァンジェリンに怒っていた。

もしここにいるのが私ではなく、正当な生徒会長であるウィルフレッドだったらどうするつもりなのか。

それこそ国家間の対立になりかねない。

それとも次期生徒会長とはいえ木っ端伯爵の娘ならどんな態度を取ってもかまわないと。

確かに私の身の上は伯爵令嬢だが、校内で生徒会長の代理として働いている間は限定的にウィルフレッドと同等の影響力を持つ。

つまりこの敷地内において、私はウィルフレッドと同じなのである。

別にだからといって偉ぶるつもりはないし、相手は客人だからと下手に出てもいた。

その私の行動がエヴァンジェリンに力関係を見誤らせたというのなら、私の責任も少なからずあるだろう。

けれどセリーヌが私の指示を聞いて使節団の相手をしている時点で、察してほしい。外交のために国境を越えてきたのならもう少し注意を払ってほしい。

書架の間を、エヴァンジェリンはためらいもなく駆けていく。

制服でドレスよりは動きやすいというアドバンテージはあったが、私はなかなかに彼女を捕まえあぐねていた。

追いつくことならばそう難しくはない。問題はどうやって捕まえるかである。肩に手を置くのも、両手で捕獲するのも、貴婦人に対するマナーとしてはそぐわない。

そもそも貴族のマナーには、貴婦人が走って逃げ出したときの対処法なんて存在しないのである。

とにかく彼女がどこかにぶつかって怪我をする前にどうにかしなければと焦っていると、突如としてエヴァンジェリンの足が止まった。

このチャンスを逃すものかと、私は急いで距離を縮める。

彼女までもう二メートルもない。

やっとこの騒動が終わらせられそうだと思ったその瞬間、立ち止まった彼女が上に気を取られていることに気が付いた。


——なに？


つられて、私も上に目をやる。

するとその瞬間、天井にあったステンドグラスが割れて彼女にその破片が降り注いだ。

「危ない！」

私は咄嗟《とっさ》に彼女に飛びかかり、上から覆い被さった。

そして一番近くにあった書架に蹴りを入れ、本棚を倒す。

羊皮紙でできた丈夫な本が、私たちの上にばたばたと落ちてきた。

言葉にできない衝撃が私を襲う。それでも私は必死に、エヴァンジェリンに覆い被さり彼女の頭を抱え続けていた。

第四章　またもや命の危機

目を覚ますと、校内に設けられた医務室のベッドの上だった。

「目を覚ましたのね！」

私の様子を見ていた誰かが、部屋の外に飛び出していった。

体を起こそうとしたけれど、頭と体が散り散りになりそうな痛みを感じ断念する。

なんだか覚えのある感覚だなあと思っていたら、前世の記憶を取り戻したときと似ているのだ。

あのとき私は、エミリアに命じられてウィルフレッドの後をつけ、相手に気付かれまいとするあまり動揺して階段から転がり落ちた。

そして目が覚めると、体中の痛みと同時に自分の中に新たな記憶があることに気が付いた。

新たな記憶というか、新たな人格だろうか。

とにかくあの日目が覚めたときから、私の人生は大きく変わった。

ならば階段落ちもそうそう悪いものではないのかもしれないが、後から現場を見たらよく死ななかったなと思うような高さの階段だったので、やっぱり用心するに越したことはないと思う。

さて、ではどうして用心したはずの私がこうなっているのだろう。

しばらくぼんやりと考えていると、少しずつ記憶がよみがえってきた。私は確か、隣国からの客人であるエヴァンジェリンを追いかけていたのだ。

そして彼女が立ち止まって追いつこうとしたところで、天井にあるステンドグラスが割れガラスの破片が降り注いだ。

突き刺されば死んでもおかしくない。

咄嗟に本棚を倒して本を盾にしたものの、その代償がこの全身の痛みということなのだろう。

それでも、感覚からいってガラスによる切り傷はないようだった。

それにしても階段から落ちるわ炎に巻かれるわ本棚の下敷きになるわ、ここ一年ほどでもう何度死にかけたかわからない。

あまりにも波乱万丈すぎて、我がことながら呆れてしまう。

痛む首をどうにか動かし、周囲を確認すると隣のベッドにはエヴァンジェリンが寝かされていた。

どうやらまだ意識は戻っていないようだ。

だが先ほどの声の主が彼女を置いて飛び出していったことを考えると、彼女の状態はそう酷いものではないのだろう。

私は安堵《あんど》しつつも、これからのことを考えるとどうしても気分が塞《ふさ》いでしまうのだった。

愛する娘が死にかけたと知ったら、ホワイトフィールド卿は激怒するだろう。

その怒りを我が国に向けられようものなら、外交的にもそして王立学校的にもかなり厄介なことになる。

シモンズ王国は我が国と比べれば国力の劣る小国とはいえ、決して蔑《ないがし》ろにできる相手ではないのだ。

もしシモンズ王国が他の国と手を組んで我が国を挟み撃ちにでもしようものなら、お互いただでは済まない。

そんなことを考えて頭を痛めていると、遠くから鬼気迫る足音が近づいてきた。

バタンと勢いよく扉が開く音がして、部屋の中が突如として騒がしくなる。

「お待ちください！」

悲鳴じみた声が聞こえる。

一体何事だろうと驚いていると。

「シャーロット！」

私の顔を覗き込んできたのは、驚いたことにジョシュアだった。

どうして城にいるはずの彼が、こんなところにいるというのか。

「困りますっ。男性の方に入られるなど……！」

必死にジョシュアを止めようとしているのは、人を呼びに行ったはずの医務室の職員だった。

確かに、私だけならまだしもここにはエヴァンジェリンも寝ているのだ。

医師でもないのに男性が入ってくるなんて、礼儀作法から考えればありえない。

「ジョ……シュア……さまっ」

喋るだけで、どうしてこんなにも顔が痛いのだろう。

一言発しただけで、私は早くもめげそうになった。おそらく私の苦痛が伝わったのだろう。覗き込むジョシュアの顔が悲しげに歪《ゆが》む。

「なんだ⁉」

ああもう、大きな声を出さないでほしい。エヴァンジェリンが起きたらどうするんだ。

「で……」

「で？」

「出て行って、ください……‼」

そう言った瞬間の、唖然としたジョシュアの顔といったら。

悲しいような憮然《ぶぜん》としたような、なんとも形容しがたい表情だった。

そんな顔を見たら、罪悪感が津波のように襲い掛かってきた。

確かに考えてみたら、怪我を心配して飛んできてくれた相手に言うような言葉ではなかった。

すぐにフォローの言葉を続けようとすると。

「さあ、こちらへ！」

ジョシュアの体から力が抜けるのを感じ取ったのだろう。謝罪をする暇もなく、彼はずりずりと医務室の職員によって部屋の外に出されてしまった。

とりあえず騒がしい相手がいなくなったので、私は事情の説明や今後への対策などを全て放棄して、もう一度失神した。

◆◆◆

もう一度目を覚ますと、私は見覚えのある場所で寝ていた。

どこかって？

それが驚くことなかれ。なんと以前階段から落ちたときに寝かされていたユースグラット公爵家の客室で寝かされていたのだ。

そういえば火事に巻き込まれたときも、ここで目を覚ましたような気がする。この天蓋《てんがい》付きのベッドの中で。

なので、私はどこまでが夢でどこからが現実なのか、わからなくなってしまった。

もしかしたら長い夢を見ていただけで、私は階段から落ちたばかりなのかもしれない。

それとも例の火事のあと？　とりあえず、全身がひどく痛むことに変わりはないが。

もし全てが夢だったのだとしたら、とんでもない夢だ。

そんなことを考えていると、何やら見覚えのあるメイドが水の入った洗面ボウルを持ってやってきた。何かいいことでもあったのか、上機嫌で鼻歌を歌っている。

彼女はサイドチェストの上にボウルを置くと、布巾を取り出して水で固く絞る。

どうやら私の体を拭くためにやってきたようだ。そこまで考えたところで、このメイドが私に何かあるといつも世話を命じられるメイドであることに気が付いた。

いざ私を拭こうとしてこちらを向いたメイドと目が合う。

彼女は鼻歌をやめ、まんまると目を見開いた。

私はなんだか申し訳ない気持ちになった。きっと彼女は、私が起きているなんて思わず鼻歌を歌ったのだろう。

「あの……」

気にしないでくれと言葉にしようとしたら、ひどく掠《かす》れた声が出た。

しかし私の声に反応して、硬直していたメイドの時間が動き出す。

「お、おおおおお嬢様を呼んでまいります！」

そう言い残して、メイドは部屋から飛び出していった。

重ね重ね申し訳ない気持ちでいっぱいになっていると、間もなく部屋にエミリアがやってきた。

彼女は私の顔を見ると、一瞬だけ泣きそうな顔になったけれどすぐに烈火のごとく怒りだした。

「あなたはっ。いつもいつも危険な目にあって！　私を差し置いて生徒会長に指名された自覚がないの⁉」

生徒会長に指名された――ということは、前世の記憶が戻ってからの出来事はやはり夢ではなかったらしい。

自覚がないのかと言われても、今回のことは不可抗力だったと思う。

もしあのガラスから避けていたらエヴァンジェリンは今頃死んでいたかもしれないし、私は自分の行動を後悔してはいない。

後悔してはいない——つもりだったが、今のエミリアの泣きそうな顔を見たら少しだけ胸が痛んだ。

「シャーロット！」

続いて部屋にやってきたのはジョシュアだった。

「お前は懲りずにいつもいつも危険な目にあって！　生徒会長に指名された自覚がないのか⁉」

デジャブである。

けれどおそらく医務室からここに移動しているのはジョシュアの計らいだろうし、自分の家ではきちんとした治療を受けさせてもらえるかも怪しかったので正直ありがたい。

とはいえ随分と責任感が強い人だ。

まさか私が怪我を負ったからといって、二度も自宅へ連れ帰り治療を受けさせてくれるなんて。

「あの、エヴァンジェリン様は……？」

さすがに彼女までは連れてこられないらしく、尋ねれば兄妹揃って苦虫を嚙みつぶしたような表情をされた。

こうしていると兄妹そっくりに見える。

「あのふざけた女なら王宮で治療中だ。療養中だからと傍にセリーヌを呼んでわがまま三昧らしい」

ジョシュアの語調からは、エヴァンジェリンをよく思っていないのがありありと伝わってきた。

「こちらもあなたとセリーヌが不在では当時の状況にわからないことが多くて……。中にはあなたがエヴァンジェリンの言動に怒ってわざと連れ出して危険な目に遭わせたんじゃないかなんて言う者もおりますのよ。わたくし悔しくて悔しくて！」

どうやら、エミリアには随分と迷惑をかけてしまったらしい。

それにしても、私たち二人が不在だからといってどうしてそんな素《す》っ頓狂《とんきょう》な説が流れているのか。重い体に鞭打って、二人と情報を共有することにした。

まず二日目にセリーヌがエヴァンジェリンに付きっきりになってしまったため、エヴァンジェリンに反感を持つ生徒が出てしまったこと。

三日目の朝に、教師のサイモン・クリフォードが偶然生徒会室を訪れ、使節団団長であるホワイトフィールド卿に不穏な脅迫が来ていると知ったこと。

セリーヌも疲れた様子だったので、三日目は役目を交換し私がエヴァンジェリンについて見学を行っていたこと。そして。見学に向かった図書館で突如としてエヴァンジェリンが走り出し、それを追っていたらステンドグラスが割れたので慌てて本棚を倒しその下敷きになったこと。

「なるほど」

ジョシュアは眉間に寄った皺を揉みほぐしながら、それでも怒っているようにしか見えない顔で言った。

「それで殿下に護衛の増強を依頼したわけだな」

「はい。エヴァンジェリン嬢の見学は、応援が来てからにすべきでした。確固たる情報がなかったので、安易に動いてしまった感は否《いな》めません」

その結果、私はもとよりエヴァンジェリンも無事では済まなかった。

まあ、王宮でわがまま三昧しているという話なので大きな怪我などはなかったのだろうが。

「信じて任せてくださったウィルフレッド殿下には合わせる顔もございません。最悪の事態は避けられたものの、エヴァンジェリン様を危険な目に遭わせてしまったのは事実ですし……。使節団の方はなんと？　わたくしの責任問題で済むでしょうか？」

落ち着いてくると、気になるのは今後の処断についてだった。

私の責任で済むのなら、まだいい。

生徒会長を下ろされるとか、学校を辞めさせられるなどで済めば御《おん》の字だ。

最悪なのは、今回のことで二国間の関係が悪化したり、私に任せたウィルフレッドの責任問題になったりすることだ。

そう考えると急に胃がきりきり痛んできた。

やっぱり私に次期生徒会長なんて、荷が重すぎたのだとネガティブな気持ちになる。

エミリアだってジョシュアだって、今はこうして心配してくれているが、この件が原因でウィルフレッドの責任問題にまで発展したら、なんということをしてくれたのだと私を憎むだろう。

なにせこの二人は兄妹揃って、ウィルフレッド過激派なのだから。

だが、そんな予想に反してジョシュアは私の言葉を一蹴《いっしゅう》した。

「なにを馬鹿なことを言っている。お前の責任などではない」

「ですが……」

「そもそも、危険がある旨をこちらに連絡してこなかったあちらが悪い。外交部としては貴族子息が集まる王立学校視察の予定があったにもかかわらず、脅迫があったことを隠していたあちらに厳重に抗議する予定だそうだ」

そう言われてみれば、確かにその通りかもしれない。事前に脅迫の件が周知されていれば学校側でももっときっちりと対処できたし、みすみすエヴァンジェリンを危険にさらすことはなかったはずだ。

だが私には、気にかかることがあった。

「ですが、今回の件を予告するような具体的な脅迫はなかったのですよね？　そもそも、サイモン先生が聞いたという脅迫の件は真実だったのでしょうか？」

そもそも脅迫云々についても、襲撃当日の朝にサイモンから聞いただけなのである。

その話の中でも脅迫についてホワイトフィールド侯爵は本気にしていないような論調だったし、星の数ほどという表現からして、彼は常に嫌がらせや脅迫などに遭ってきたのだろう。

その犯人はどうしてわざわざ、サンサーンス王国という異国で犯行に及んだのだろうか。それも本人ではなく娘のエヴァンジェリンを標的にするという形で。

脅迫者が手段を選ばなかったといえばそれまでだが、どうにも首を傾げてしまう部分が多い。

そもそも敵対国ならまだしも、シモンズとサンサーンスは友好国である。事前に知らされていればサンサーンスは警備を強化して侯爵の安全に気を配っただろうし、犯人も犯行自体が難しかったはずだ。

「そういえば、犯人は捕まったのですか?」

ここまでの話で、私は事件の犯人の話が一切出てこないことに気が付いた。

私が外交関係のことにばかり気を取られて、尋ねなかったということもあるが。

その問いに、それまで怒りで早口になっていたジョシュアは、急に歯切れが悪くなった。

「ああ……いや、すぐに付近を探したのだが……」

どうやらまだ捕まってはいないらしい。

それにしても、その言い方だとまるでジョシュア本人が犯人捜索の指揮を執ったみたいだ。

事件当時、彼はウィルフレッドに付いて王宮にいたはず。

あれ。でもそれだと、学校の医務室に彼がいたのは夢だったのだろうか。

「もしや、ジョシュア様は学校にいらしてましたか？」

私が尋ねると、エミリアもジョシュアもなんとも言えない顔になった。

「覚えていないのか？」

逆に問われて、どう答えたものか迷う。

「ええと、医務室でお会いしたのは夢ではないと？」

「夢などではない。護衛を増やすようにと進言を受けて、殿下はすぐに自分付きの近衛を向かわせたのだ。志願して、俺もそれに同行した」

これには驚かされてしまう。

主君の行くところならどこへでも付いていこうとするジョシュアが、王宮とはいえウィルフレッドを置いて学校に来たなんて。

「そ、そうだったのですか」

「それはもうすごい剣幕でいらしたのよ。シャーロットが襲撃に遭遇したと知ったときのお兄様といったら」

それはもう恐ろしかったに違いない。

生徒会長としての権限を与えられながら何をやっているのかと、呆れたはずだ。

「も、申し訳ございません……」

思わず謝ると、二人は怪訝《けげん》な顔になった。

「どうして謝るの？」

「ええと、怪我を気遣ってくださっているだけで、やはりわたくしの失態にお怒りなのかと思いまして」

「もう！　どうしてそうなるの？　お兄様はあなたを心配してらしたのよ！」

エミリアの必死の訴えに、本当だろうかとジョシュアを窺う。

出会ったときよりは格段に打ち解けたが、それでもジョシュアは厳しい人だし、ウィルフレッドに害成す者はたとえ相手が誰であろうと容赦《ようしゃ》しない。

黙って私たちのやり取りを見ていたジョシュアは、私の視線を受けて居心地が悪そうにしていた。

彼は咳払いをすると、話を元に戻した。

「とにかく、最も優先されるのは襲撃犯の捕縛《ほばく》だ。視察の残りは無期限で延期とし、当面使節団の方々には王宮に留まっていただく。滞在期間中に犯人が捕まれば視察を再開してもよし、捕まらなければ予定通りの日程でお帰りいただくことになるだろう。シャーロットは気に病まず、まずは体を治すことだ」

確かにジョシュアの言う通りだ。

けれど仕方ないこととはいえ、前々から準備していた使節団による視察がこのような結果になったことは、悔しいしやりきれない。

私が言葉もなく黙り込んでいると。

「わ、わたくしそういえば用事を思い出しましたわ！」

唐突にエミリアがそう言った。

「え？」

「お兄様、しばらくシャーロットをお願いします。積もる話もあるでしょうし。それではごきげんよう。おほほほほ！」

そう言って、エミリアはそそくさと部屋から出て行った。

様子が著《いちじる》しくおかしい。

怒りのあまりおかしくなってしまったのだろうか。

「どうしたんでしょうか……？」

「さ、さあな」

心配して尋ねると、ジョシュアも明らかに動揺した様子だった。

妹が心配なのかもしれない。

「あの、わたくしなら大丈夫ですので、エミリア様についていらした方が……」

考えてみれば、二人きりになるのは王宮での夜会以来である。

あのときのことを考えると、ジョシュアと二人きりになるのは少し気まずい。

するとジョシュアは、先ほどよりも大きな咳払いを繰り返した。これはもはや咽《む》せているのか？

「いいや！　お前の方がどう考えても重症だろう。改めて聞くが、どこか痛い箇所はないか？　吐き気がしたり体に違和感を覚える箇所は？」

突然、医師のような問診を始めたジョシュアである。

それなら医者を呼んでくれればいいのにと思うが、心配して言ってくれているのだろうし無下《むげ》にもできない。

「とくには……体は痛みますが、それも最初に目を覚ましたときよりはましになったように思います」

私がそう答えると、ジョシュアは目に見えてほっとしたようだった。

この世界では私は家族の縁が希薄なので、学校の先輩でしかない彼にそんなに心配されていたのだと思うと、なんだかくすぐったい。

「ありがとうございます」

「え？」

「ジョシュア様が命じて公爵家に運んでくださったのでしょう？」

「あ、ああ。前回のこともある。診察しなれたうちのかかりつけの医者の方が都合がいいだろうと思ってな」

前回のこととは、例のゲーム主人公であるアイリスと対峙《たいじ》して炎にまかれたときのことである。

この短期間でよくもまあ、こんなに死にかけるものだと自分で自分に感心する。

「助かります。我が家では心配してくれる人などいませんから……」

迂闊だった。普段は口にしない弱音が、ついこぼれ落ちてしまう。

あの家にはもう、私を心配してくれる人などいない。唯一親身になってくれたマチルダは、あの事件で屋敷にいられなくなってしまった。

勿論、彼女がしたことに対する恐怖はある。けれどその動機は私を心配してのことだった。

私に興味がないか、あるいは目の敵にする父よりも、彼女の方が余程私を愛してくれていただろう。

つい物思いに沈んだ私に、ジョシュアは思いもよらぬことを言い出した。

「ずっとここにいればいい」

「え?」

何かの聞き間違いだろうかと彼の顔を見れば、白いジョシュアの顔がじりじりと朱に染まる。

自分でも思いもよらぬ発言だったのだろう。彼は右手のひらで己の口を覆った。

「ありがとうございます」

不器用なジョシュアの優しさが嬉しかった。

ずっと公爵家にいるなんてできるはずもないけど、居場所があると思えばこれから先も頑張れる気がした。

療養を重ねてようやく動けるようになったある日、公爵家に滞在する私に客人がやってきた。

ちなみに私の名誉のために言わせてもらえば、動けるようになって何度も家に帰ると主張したのだ。

けれど兄妹揃って引き留めるものだから、ずるずると今日まで居続けてしまったのである。

こんなことが学校にいるジョシュアファンに知られたら、どうなるのかと気が気ではない。

火事に巻き込まれた際にも公爵家で療養させてもらったので、もう今更かもしれないが――。

おっと話がそれてしまった。

つまり重要なのは、動けるので訪ねてきた客人に会わないわけにはいかないということである。

名前を騙《かた》っているのでなければ、客人は訪問を断れるような相手ではなかった。

昼間なので、エミリアは学校に、ジョシュアは王宮にそれぞれ出かけている。

看病がすっかり板についてきたメイドの手を借りて、客人が通されたという応接室へ向かった。

それにしても、部外者である私が応接室に通されることすらおこがましいのに、こちらが迎える側とは一体何の冗談だ。

会うと言ってはみたものの、公爵家の人々に迷惑をかけすぎている気がして身が縮む思いだ。

さて、部屋に入るとそこにいたのはホワイトフィールド侯爵だった。

客がそう名乗っていると聞いたときには、正直嘘ではないかと疑った。彼の名を騙って得がある人間がいるかどうかはわからないが、こんな状況で本人がくることなどあるのだろうかと訝しく思えたのだ。

だが、目の前にいるのは間違いなくホワイトフィールド侯爵である。私は身構えた。

一緒にいながら彼の娘であるエヴァンジェリンに怪我を負わせてしまったので、叱責《しっせき》されるだろうと思ったのだ。

改めて相対するホワイトフィールド侯爵は、貴族でありながら元騎士団団長なだけあってがっしりとした体格で、目の前にすると何とも言えない迫力があった。

その顔はまるで凶悪犯を前にしたように厳しいものだ。

挨拶以降、無言のまま緊迫した場面が続く。

いっそ先に謝ってしまおうかと、思いかけたそのとき。

「申し訳ない！」

侯爵は叫ぶようにそう言うと、膝に手を置いてソファに座りながら深々と頭を下げたのだった。

私は驚き、呆気にとられた。

「え……？」

「私が脅迫を取り合わなかったせいで、君に取り返しのつかない怪我を負わせてしまった！　この償いはいかようにも……！」

まさか隣国とはいえ侯爵位にある人から全力の謝罪を受けるとは思わず、しばらくは驚きのあまり返事をすることもできなかった。

それをどう受け取ったのか、侯爵の謝罪に更に熱がこもる。

「許せぬと思うのも当然のこと。であれば不肖《ふしょう》このマーカス、君の父君にかけあい、できうる限りの謝罪と補償を！　だからどうか、このことを外交問題にはしないでほしい」

必死に言い募られ、ようやくこの謝罪が何か意図のあるものではなく、侯爵の誠意なのだと悟った私は慌てて相手の言葉を遮《さえぎ》った。

「そ、そこまでしていただかずとも！　こちらとしても事を荒立てないでいただけると助かります」

うちの父に補償なんて言ったら調子に乗って際限なくお金を引き出そうとするに違いないので、彼がこちらに訪ねてきてくれて助かった。

外交問題にしたくないのはこちらも同じなので、ホワイトフィールド侯爵の申し出は都合がよかった。

「いいえ。こちらこそお嬢様にお怪我をさせてしまって……」

娘が事故に遭ったことについてはどう思っているのか聞きだすため話を振ると。

「いや、護衛についていた騎士に話は聞いた。あれが君を随分困らせていたと。それでも君は体を張って娘を助けてくれた。本当にエヴァンジェリンの命の恩人だと思っている」

よかった。どうやらみすみす刺客に襲われたことも、そのせいで娘が怪我を負ったことも、責任をサンサーンス王国に問うつもりは彼にはないようだ。

それがわかって、私はようやく肩に入っていた力を抜いた。

「そのような大それたものでは」

「いや、現場も見させてもらったが、身を投げ出して赤の他人を庇《かば》うなどそう簡単にできることではない。君が咄嗟に本棚を倒さなければ、今頃娘の命があったかどうか……」

確かに、天井で割れたステンドグラスは通常のガラスよりも厚く、本来であれば割れにくいはずであった。

だから、その欠片《かけら》は刃物にも等しく、ドレスであればたとえコルセットを着けていようとも容易《たやす》く突き抜けたに違いない。

なので咄嗟に本棚を倒して本を盾にしたわけだが、装丁された本は分厚く重みもあるので、私たちは二人とも体に打撲を負ってしまったわけだ。

もし侯爵がこのことを外交に利用しようとする人物であれば、こちらの護衛の不首尾を指摘して責任問題にすることもできただろう。

だが彼はそれをしなかった。

それどころか自分たちの過ちを全面的に認め、こうして小娘一人にまで謝罪しに来てくれるとは思ってても見なかった。

彼は誠実な人物であると同時に、あまり外交には向かない人物のようだ。

勿論私からすれば、侯爵の誠実さは好ましいものであったが。

「あの、質問させていただいてもよろしいでしょうか？」

私がそう切り出すと、侯爵は居住まいを正しまっすぐに私を見た。

「ああ、なんなりと」

「脅迫を受けていると伺ったのですが、今回の訪問に際して特に危機感を抱くような内容のものや情報はなかったのですか？」

又聞きになってしまうが、私が教師であるサイモンから聞いたのは、侯爵が政敵から日常的に脅迫を受けているというような内容だった。

そのため、使節団としてサンサーンスを訪れるにあたり、別段いつも以上の警戒を払ってはいないのだとも。

そんなことを聞かれるとは思っていなかったのか、侯爵は口が開いたままになっている。

「ま、まさかそんなことを聞かれるとは思わなかった。聞いて楽しいものでもないと思うが……」

「申し訳ありません。ご気分を害されましたか？」

「いや、己が死にかけたのだ。理由を知りたがるのは当然か」

そう言いながら自分を納得させるように何度か頷くと、彼は低い声で語り始めた。

「確かに君の言う通り、日常的に脅迫のようなものは受けている。立場上、恨みを買いやすいのでね。だが、では実際に襲撃を受けることが多いのかというとそうではないんだ。私が議会で傭兵の制限などについて発言すると一時的にそのようなこともあるが、本気でこちらを殺しに来るような大掛かりなものはもう何年もない。更に言い訳のように聞こえるかもしれないが、今回の来訪に当たって何かあってはいけないと、ここ半年ほどは相手を刺激するような言動を控えていたのだ。更に相手側も国の存続を願うならサンサーンス王国に迷惑をかけるようなことはしないだろうと、高をくくってもいた。実際に被害を受けた君からすれば、迷惑な話だろうが」

そう言って、侯爵は肩を落とした。

確かに、間接的な理由とはいえ自分のせいで娘を危険な目に遭わせたのだから、落ち込むのは当然かもしれない。

しかし侯爵の話を聞くと、彼が特別警戒していなかったのも無理はないように思える。

むしろこの来訪のために言動にまで気を配っていたというのだから、十分すぎるほど対策はしていたとも言えるのではないだろうか。

そもそも最初にこの話を聞いたときから、気に入らない相手をわざわざ異国で害そうとするのには違和感があった。

勿論、そういう事例がないとは言わない。まさか異国でという油断もあるし、その可能性は常にゼロではない。

だがサンサーンス王国だって、事前に申請がなかったとはいえ使節団の警備を怠《おこた》ったかという
とそうではないのだ。

実際私とエヴァンジェリンの二人に騎士が二人護衛として付いていたことからもわかる通り、む
しろ侯爵の政治的な立場を鑑《かんが》みて手厚い警備をしていた。

そもそも本人が、精強で知られる国の元騎士団団長である。

当たり前に強い。

それを考えると、脅迫を侮《あなど》ってしまったのも無理からぬことかもしれない。

「なるほど。事情はわかりました。処理につきましてはリンフレット政務官にお願いいたします。

わたくしは一介の生徒ですので」

彼の謝罪を受け入れるのは簡単だが、当人が納得しているのだから外交的に問題はないだろうと
あとで居直られても困る。

まあ、この侯爵の性格からいって、そんなことないとは思うが。

とにかくこうやって一人で押しかけてくるとは想像もしていなかったので、言質《げんち》をとられないよ
うにするのが正解だろう。

後から、どうして謝罪を受け入れたのかと怒られても困るので。

本当に、国が絡むと物事というのは途端に複雑になっていけない。

「ただ、エヴァンジェリン様がご無事で本当によかったです」

今回、エヴァンジェリンに大きな怪我がなかったのは僥倖《ぎょうこう》と言ってよかった。

襲撃を未然に防げなかったのは痛いが、ホワイトフィールド侯爵は娘の怪我に怒って難癖をつけてくるような人物ではなかった。

学校側の失態は、最小限に抑えられたと考えるべきだ。

「本当に君は、うちのエヴァンジェリンと年が変わらないのに落ち着いていて聡明なのだな」

侯爵が、ひどく感心したように言う。

私は思わずぎくりとした。年齢の割に落ち着いているというのは否定できない。なにせこれが二度目の人生だ。

「あれは……遅くにできた子どもで、どうも甘やかしすぎてしまったようだ」

侯爵の言葉に、私は感心した。

どうやら彼は、娘の弱点を正確に把握しているらしい。

まあ確かに、主筋《しゅうすじ》であるセリーヌに傍にいてほしいと駄々《だだ》をこね、離さないという話なのだから
らまともな親なら頭を抱えたくもなるだろう。

しかしだからといって侯爵に同意するわけにもいかず、私は乾いた笑いを浮かべるほかなかった。

それから侯爵は、なにかを考えるように黙り込んだ後、思いもよらないことを言い出した。

「シャーロット嬢……君にこんなことを頼める立場ではないと重々承知の上で、お願いしたい。どうかこの国に滞在している間だけでいい、エヴァンジェリンの友人になってはくれないだろう

か？」

「は？」

おっといけない。呆気にとられて思わず素で反応してしまった。

失礼極まりない反応を誤魔化《ごまか》すべく、ごほごほと咳払いをする。

「も、申し訳ありません。驚いてしまって……」

「病み上がりに酷な申し出だということはわかっている。だが、もう君しかいないのだ！」

侯爵は、大きな手のひらで握りこぶしを作った。

今度は、何も言わなかった私を誰か褒めてほしい。

身分差がなければ、「なに寝言言ってんだ」ぐらいは言ったかもしれない。

なにせ、エヴァンジェリンの世話をセリーヌと交換して半日と経たないうちに、本人には逃げられしかも彼女は襲われ、共々命を落としかけたのである。

それをどうして、友人なんていう言葉が出てくるのか。

私は脳内の侯爵に対する評価を、誠実な人物から少しおかしい人物に下方修正した。

それに賭けてもいいが、エヴァンジェリンは絶対に私のことを友だちなどと認識しないだろう。

ゲームの中の設定でもそうだったが、彼女はセリーヌに近づく女性全てが嫌いなのだ。

それに私の方も、事前連絡もなくやってきて好き勝手なふるまいをした彼女をよく思っていない。

なので私たちは、侯爵が何をどうしようと友だちにはなりえないと思う。

ただでさえ多忙なのに、あんなわがまま娘の面倒まで見ていられない。

「ええと、大変ありがたいお申し出ですが、このように体調も万全ではありませんので……」

できるだけ穏便《おんびん》に断ろうと、頭をフル回転させる。

やはり言い訳として一番いいのは体調不良だろう。公爵家にお世話になっていたおかげでかなり回復しているが、それでも事件の大きさを考えればすぐに好き勝手に動けるという状況でもない。

「それはエヴァンジェリンも同じだ。恐ろしい思いをした者同士、その恐怖を分かち合うこともできるだろう」

いやほんと、このおっさんはなにを言っているんだ？

突然言葉の通じなくなった相手に、私は冷や汗をかいた。

怪我をしたのは屈強で知られるシモンズ王国の兵士などではなく、自分で言うのもなんだがか弱い乙女である。

今はただただ静かに療養していたいし、こうして休んでいる間に学校の授業だってどんどん遅れているのだ。

今回のことが将来の政務官就任にどう影響するかはわからないが、まだ希望は消えていないのだから努力し続けなければならない。

私にはエヴァンジェリンのために割く時間などこれっぽっちもないのである。

そう――思っていたのに。

「聞いたところによると君は、政務官になりたいのだろう？」

「そ、それがなにか？」

思いもよらぬ問いに、動揺を隠せずにいると。

「引き受けてくれたら、全力で口利きさせてもらう。なんなら我が国で雇ってもいい。だからどうか、娘の友人になってはくれないか？」

真剣な面持ちで言い募る侯爵が、嘘をついているようには思えない。

もしこの件を引き受けたら、おそらく彼は全力で私の野望をアシストしてくれることだろう。

思わぬ申し出に、喉が鳴った。

私が政務官になりたいと願っていたのは、いつか没落するかもしれない実家と縁を切り、自活したいからである。

他国とはいえ使節団の代表に選ばれるだけの有力者に後押ししてもらえれば、政務官になるのに大きな弾みがつく。なにせ広く門戸を開いているとはいえ政務官の椅子には限りがあるし、その採用基準には縁故が大いに関係するのである。

実家と縁を切りたいのだから縁故は期待できないと思っていたのに、ここで侯爵の申し出を受ければその問題が解決するのだ。

また、それが無理でも最悪シモンズ王国で雇ってくれるという。

確かに国力ではサンサーンス王国の方が強いが、実家と完全に縁が切れるという意味ではシモンズ王国は魅力的過ぎる就職先である。

せっかく馴染んだ学校の人々と別れるのは少し寂しい気もするが、そもそも就職するならば学校時代の交友関係とは離れることが多く、使用言語も同じなので忌避感《きひかん》は少ない。

予想外過ぎる申し出に動揺した私は考える時間をもらい、這《ほ》う這《ほ》うの体でどうにか侯爵との会談を終えたのだった。

◇　◇　◇

それから数日後。

傷の癒えた私は家でも学校でもなく王宮にいた。

理由は簡単。未だに臥《ふ》せっているエヴァンジェリンの見舞いである。

そう、結局私はホワイトフィールド侯爵の申し出を受け、彼女の友だちになるという馬鹿げたミッションを遂行《すいこう》することになったのだ。

誰になんと言われようとかまわない。私は政務官になるための口利きが欲しい。

馬だって目の前にニンジンを吊り下げられたら走るのである。私が走って何が悪いというのか。

と、よくわからない言い訳をしつつ、エヴァンジェリンが滞在している部屋へと向かう。

使節団は現在、護衛を増やし城内で二国間の会談や実務的な取り決めを行っている最中だそうだ。

事件からは既に三週間近い時間が経過している。

使節団の滞在期間は残り少ないが、ステンドグラスを割った犯人は未だに捕まっていない。

国は威信をかけてシモンズ王国の息がかかった組織などを調査しているらしいが、めぼしい成果は上がっていないという。

ちなみにこの情報はホワイトフィールド侯爵から直接得たものなので、精度は高い。

なお、王立学校の方は犯行現場の痕跡も含め徹底的な調査が行われ、現在では授業も再開し落ち着きを取り戻している。

私は療養を理由にずっと休んでいるので、生徒会の仕事はエミリアに任せきりになっている。

セリーヌもエヴァンジェリンの世話に時間を取られて、学校には登校できていないらしい。

それにしても、三週間近くセリーヌを自分のところにとどめ置いているエヴァンジェリンには、はっきり言ってドン引きだ。

セリーヌがやりたくてやっているのならば別に構わないが、事件当日に交わした会話を思うと、その可能性は低い気もする。

まあ、当事者でもない私がとやかく言うことではないが。

いや、これから当事者になりに行くのか。

そう思うと気が重かった。

できることなら、エヴァンジェリンとはこれ以上関わりたくないと思っていた。

記憶にあるゲームのライバルキャラたちは、大概性格がろくでもないのだ。エミリアはミセス・メルバの授業によって更生したからいいようなものの、エヴァンジェリンもそうなるという保証はどこにもない。

あまり悲観的にならないようにと自分に言い聞かせつつ、案内されるままエヴァンジェリンの元に向かう。

あらかじめ話が通してあったのか、これといった手続きもなくエヴァンジェリンのいる部屋の前まで通された。

案内したメイドが部屋の中まで先導してくれるものと思ったのだが、なぜか扉をノックもせずに一礼して去ってしまった。

取り残されて唖然と扉を見上げる。

扉の両側に見張りの騎士がいるが、彼らが取り次いでくれるというわけでもないらしい。

王宮のメイドともなれば、身元の確かな娘しか雇われない。礼儀作法も完璧なはずで、それがどうして客を置き去りにするようなことをするのか。

首を傾げつつも、このままではどうしようもないと思い扉をノックした。分厚い扉の向こうからは何も聞こえてこないが、しばらくしてゆっくりと扉が開く。

「あ」

内側から顔を出したのは、ひどく疲れた様子のセリーヌだった。

「お前か。助かった……」

セリーヌは深いため息をつきながらそう言うと、周囲を警戒しつつ扉から出てきた。

「あの、少しお休みになった方がいいのではないですか？　ひどい顔色ですよ」

開口一番そう言ってしまうほど、セリーヌは全身から疲れた様子を醸《かも》し出していた。

「いや、そういうわけにもいかなくて……ああでも助かった。お前が来てくれてよかったよ」

セリーヌが心底そう言っているのがわかって、私は何とも言えない気持ちになった。この状況で言われても、嫌な予感しかしない。

「歓迎していただいているようですが、なぜかちっとも嬉しくありません……」

正直にそういうと、セリーヌは硬い笑いを浮かべた。

「まあまあ」

彼はその台詞には言及せず、扉の中へ私を引っ張り込んだ。

扉を入ってすぐのところは使用人用の控えの間になっている。貴婦人の寝室などにみられる造りだ。

すぐにエヴァンジェリンと対面しなくて済んだ安堵と、ここまで来たら後戻りできないという暗い感情がない交ぜになる。

無意識に方向転換して部屋を出ようとしたが、力強いセリーヌの手によってがしりと肩を掴まれてしまった。

口にはせずとも、まるで逃がさないと言われたかのような。

「会えばわかる。エヴァンジェリンも悪い娘《こ》じゃないんだ」

悪い娘じゃないと否定から入るということは、そう誤解されかねない言動をしているということである。

私を案内してきたメイドが扉をノックすらせず去ったのも、過去に何かしらのアクシデントがあってのことかもしれない。というか、そうとしか思えない。

だが、ここまで来て会いもせず逃げ帰ることはできないので、私は気合を入れてエヴァンジェリンに会うことにした。

だがその前に一点だけ、確認しておきたいことがあった。

「エヴァンジェリン様の怪我は、癒《い》えていると考えていいのですよね?」

「侯爵からはなんと?」

質問を質問で返される。こういうときは大抵、いいことがないのだと私の直感が言っている。

「体は癒えており、外出も問題ないと。もしや何か問題が?」

「いや、肉体には問題ないんだ。問題があるとすれば――」

そう言いかけたセリーヌの声を遮るように、奥から女の声が聞こえた。

『お姉様ぁ。どなたですの?』

扉の向こうから蜜をかけたような、鼻にかかった女の声がする。

ああもう本当に、今すぐ回れ右して帰りたい。

「問題があるとすれば、心の方だ。俺以外誰にも会いたくないと言って、部屋すら出ようとしない。だから、心配してマーカスは君を呼んだのだろう」

事故の恐怖から他人を拒絶しているというエヴァンジェリン。

確かに犯人すらまだ捕まっておらず、次はいつどこで狙われるかわからないという状況はストレスになるだろう。

それで、セリーヌは今日まで王宮に釘付けになっていたのか。

理由を考えれば無理からぬこと。納得はできる。

けれど現在の状況は不健全で、セリーヌのためにもエヴァンジェリンのためにもよくないのではないかと思われた。

エヴァンジェリンは使節団の訪問期間が終われば、父親と一緒に母国へ帰ることになっている。

さすがにそのときまでセリーヌも一緒にというわけにはいかない。

一体どうすればと考えつつ、私はふと浮かんだ疑問をセリーヌにぶつけた。

「エヴァンジェリン様はちゃんと、今日私が来ることを知っているのですよね？」

恐る恐る確認すると、セリーヌがさっと目を逸らした。

「ちょ！　ちゃんと話しておいてくださいよっ！　ただでさえ――」

『お姉様!!』

先ほどまでの甘い声と打って変わって、まるでおとぎ話に出てくる化け物のように恐ろしい声。

いやいや、本当にこの扉の向こうにいるのは人間なのか？

若干《じゃっかん》の疑いを抱きつつも、私は引くに引けずその扉を開いた。

◆　◆　◆

「あら？」

部屋に入ってきたのが愛《いと》しのセリーヌではないことに気付くと、エヴァンジェリンはあからさまに不機嫌そうな声を出した。

「部外者に入室を許可した覚えはないのだけれど……」

どうやら私の顔を覚えていないらしい。

天蓋付きのベッドで上半身を起こした体勢のままエヴァンジェリンは心底嫌そうに眉をひそめている。

侯爵の話ではぜひ友人になってほしいということだったが、絶対無理だろうとこの瞬間確信した。

「そう言うなエヴァ。シャーロットは君の命の恩人だぞ」

セリーヌは気安くそう言うと、私の肩をポンと叩いた。

その態度が、エヴァンジェリンの癇に障ったらしい。エヴァンジェリンは眉間に皺を寄せ、まるで般若《はんにゃ》のような顔になった。

彼女の額《ひたい》に、あるはずのない角が見える。

病み衰えた顔にひかれた紅の隙間から、今にも牙が生えてくるのではという気がした。

「まあ、お姉様のお知り合いですの？」

この瞬間、私はさっきの控室でセリーヌと口裏を合わせておかなかったことを深く悔やんだ。

共に生徒会に所属していることを知られるのは構わない。

それで行動を共にするのが多いことも、不興は買うだろうが、まあいい。

問題なのは、私がセリーヌの秘密を知っているということをエヴァンジェリンに知られることだった。

彼女はその秘密を、己を含めたセリーヌにごく近い人物だけが知っていると思っている。

セリーヌに強烈な独占欲を抱くエヴァンジェリンにとって、新たに秘密を知る私の存在は目障り以外の何ものでもないだろう。

セリーヌにそのことを口止めしたいが、今更二人で控えの間に戻るわけにもいかない。

「ああ。王立学校で共に生徒会の任に就《つ》いている。こう見えて優秀な娘だ」

エヴァンジェリンは胡乱《うろん》な目で、こちらを見ていた。

自分以外をセリーヌが褒めるのが気に喰わないのかもしれない。

私はセリーヌと親しいとは思われないよう、儀礼的な態度を心掛けた。

「エヴァンジェリン様。この度はお見舞い申し上げます。生徒会に属する者として配慮が足らず、エヴァンジェリン様にお怪我を負わせてしまったこと、大変遺憾《いかん》に思っております」

そう言うと、エヴァンジェリンはようやく私の顔を思い出したようだった。

「ああ、あなた、例の本棚を倒した方じゃない」

思い出してもらってよかったのか悪かったのか、判断に迷う。しかしとりあえずエヴァンジェリンから発せられていた敵意のようなものが薄れたので、よかったのだろう。

「あのような乱暴な手段をとってしまい、申し訳ありませんでした」

とにかく、怒られる前に謝ってしまおうの精神で先手を取れば、エヴァンジェリンは少しだけ悔しそうな顔をした。

だが謝っている相手に意地悪を言うほど根性は曲がっていなかったらしく、こくりと頷いて謝罪を受け入れたのだった。

だが、彼女はそのまま黙り込んでしまい、部屋の中に気まずい沈黙が降りる。

やはり友だちなど無理だと思いながら手持ち無沙汰《ぶさた》でいると、沈黙を破ったのはセリーヌだった。

「エヴァ。黙り込んでいてはダメだろう？　君もシャーロットに言うべき言葉があるはずだ」

「ですが……」

「エヴァ。俺を失望させないでくれ。君はそんな娘ではなかったはずだ」

諭《さと》すようなセリーヌの言葉に、エヴァンジェリンはなぜか私を鋭く睨みつけた。その目には、うっすらと涙が浮かんでいる。

「その女に、秘密を明かしておしまいになったのね。そんな出会ったばかりの女に！」

しまったと思った。

セリーヌのぞんざいな口調から、私がセリーヌの秘密を知っているとエヴァンジェリンに悟られてしまった。

とはいっても、セリーヌに隠す気はなかったようだから、なるべくしてこうなったとも言えるが。

私は改めて、控えの間にいる間にセリーヌに口止めしなかった己を悔いた。

「出てってよ！　あんたなんか顔も見たくないわっ」

そう叫ぶと、エヴァンジェリンはまるで駄々をこねる子どものように、両手でシーツを叩いた。

顔を真っ赤にして、ぼろぼろと涙をこぼしている。

これ以上刺激してはいけないと思い、私はとりあえず部屋を出ることにした。

「今日のところは、失礼しますね。病み上がりなのですからお大事になさってください」

私の言葉など、おそらく届いてはいないのだろう。

エヴァンジェリンはめちゃくちゃに手を振り回し、セリーヌの名を呼んでいる。

「すまない。昔はああじゃなかったんだ」

心底困惑したように、セリーヌが言う。こんなことが何日も続けば、セリーヌが疲弊《ひへい》するのも無理はないなと他人事のように思った。

「それで、君はどうするんだ？　エヴァンジェリンの友人になるのは諦めるか？」

問いかけてくるセリーヌの顔に縋《すが》るような色を見つけ、私は何とも言えない気持ちになった。

「いいえ、明日も参ります。それに、気になることもありますし……」

侯爵の願いを叶えられるかはわからなかったが、とりあえず私にはエヴァンジェリンに対して聞かねばならないことがある。それを確かめない内は、尻尾《しっぽ》を巻いて逃げるわけにはいかない。

◆　◆　◆

馬車に揺られて帰るのは、ユースグラット公爵家のタウンハウスだ。

全快したので自宅に帰ると言ったのだが、エミリアとジョシュアによってなんだかんだで引き留められている。

父には知らせてあると言うが、ある日公爵家から娘を預かると連絡をもらった父の狼狽《ろうばい》はいかばかりか。

まあ別に心配かけて申し訳ないとそんな殊勝な気持ちでは一切なくて、ただ単に帰ったら狼狽した分だけひどく扱われるのだろうなというのが目に見えているので、億劫なだけなのだが。

屋敷の二階中央にあるバルコニーから庭を見下ろし、そんなことを考えていると――。

「眠れないのか」

バルコニーと廊下を繋ぐ扉が開いて、ジョシュアが顔を出した。

もうかなり遅い時間だ。ジョシュアはウィルフレッドに付いて王宮に詰めていることが多いので、同じ家に住んでいるというのになんだか久しぶりに会ったような気がした。

とはいってても公爵家のタウンハウスは広大なので、一緒に住んでいる実感なんてこれっぽっちもなかったのだが。

「考え事をしていました」

生徒会長の代理の代理で多忙なエミリアとの方が、まだよく会うくらいだ。

ウィルフレッドとジョシュアに続いて、セリーヌも私も学校を休んでいるので、エミリアはなかなかに大変らしい。

顔を合わせれば復帰しないことに対する愚痴《ぐち》を言われるので、苦笑いを浮かべつつここはこうした方がいいだとか、この件についてはだれだれに任せた方がいいだとか、情報を渡している。

それでもウィルフレッドの代理として頑張ろうとする彼女は、健気でかわいい。

出会った頃のわがままだった性格も、すっかり鳴りを潜めている。あのわがままはもともとの性格というより、ウィルフレッドへの恋心を変にこじらせていたのではないかと今ならばわかる。

そこに突然身分の低い柵《しがらみ》もない愛らしいライバル《アイリス》が現れたのだから、焦るのも当然ということか。

それにしても、こうしてジョシュアとじっくり話すのは例のパーティー以来かもしれない。

ジョシュアは物思いにふける私の横に並ぶと、着ていた上着を脱いで私の肩にかけた。

明らかに大きくて、かすかにジョシュアの香りがした。


——まただ。


最近のジョシュアは少し優しすぎて、どう対応していいのかわからなくなってしまう。

出会った頃の絶対にこちらを信用しないという目をしたジョシュアの印象が強いだけに、より一層違和感が大きいのかもしれない。

だからといって冷たくされたいわけではなくて、本当に慣れなくてどうしたらいいのかわからなくなってしまうだけなのだけれど。

考えた末、とにかく上着のお礼は言うべきだろうとぼそぼそと礼を述べた。

「考え事もいいが、夜は冷える。そんな格好で出歩くな」

ジョシュアに指摘された私の格好はといえば、軽いシュミーズのドレス姿だった。動きやすいが、確かに少々肌寒い。

この世界では下着に類するものなので、確かにそんな格好と非難されても仕方ないだろう。

けれど私からすれば、公爵家で用立ててもらったそれは手触りのいい綿でできたワンピースで、なおかつ丈も足首まである。

誰にも見られないだろうと思って出てきたのだが、ジョシュアに見つかるなんてついてない。

「申し訳ありません……」

見苦しいものを見せてしまったと思い、とりあえず謝る。

「別に、謝ってほしいわけではない。それより、お前に言っておきたいことがある」

「言っておきたいこと？」

オウム返しにすると、それきりジョシュアは黙り込んだ。

なにやら言いにくい事柄であるらしい。

一体何だろうかと首を傾げていると、しばらく沈黙した。

その顔は、なぜか苦悩に満ちている。

「……こんな時間に考え事とは、ホワイトフィールド侯爵の娘はそんなに難儀な相手なのか？」

結局、ジョシュアは言っておきたいこととやらを棚上げすることにしたようだ。

別にわざわざ尋ねるほど、エヴァンジェリンを気にしているわけでもないのだろう。その証拠に、言っておきたいこととやらを言い損ねたジョシュアから少し落ち込んでいるような気配が漂ってきた。

なんだろうと思いつつ、言いたくないのなら別にいいかと思い直す。別に無理やり聞き出すようなことでもない。

ちなみにホワイトフィールド侯爵の依頼を受けたことは、彼も知っている。

というか、自分の留守中にホワイトフィールド侯爵が尋ねてきたと知って、どんな話をしたのかと問い詰められたのだ。

私はエヴァンジェリン襲撃に対して個人的な謝罪を受けたことと、襲撃後いつまでも床を離れられないでいるエヴァンジェリンの友だちになってほしいと依頼された旨を彼に話した。

生徒会長代行の仕事はどうするのだと責められるかと思ったがそんなことはなく、王宮ならば警備も万全だろうと了承《りょうしょう》された。

でも王宮行きを許されたのはいいとして、王宮へは公爵家から通うように言われている。

私としては実家に帰りたくないのでありがたいが、彼らの好意に甘えていいのかなあと思わなくもない。

「まあ……難儀といえば難儀ですね。以前のエミリア様を更に悪くした感じ、といえばわかりやすいでしょうか？」

そう言うと、ジョシュアは秀麗な顔を顰《ひそ》めてこれ以上ないほど嫌そうな顔をした。

「そんなに悪質なのか？」

かつてジョシュアがエミリアのことをどう思っていたのかがわかる反応である。

まあ、エミリアもエヴァンジェリンもどちらも元悪役令嬢同士。多かれ少なかれ共通点はある。

「悪質というわけでは……ただ、かわいそうだなとは思います」

「かわいそう？」

「ええ。近くに誰も叱ってくれる人がいないのだろうな、と」

私の言葉に、ジョシュアは黙り込んだ。

かつての妹との記憶の中にも、思い当たる節があるのかもしれない。

「君は、心が広いな」

難しい顔をしたジョシュアに言われ、今度はこちらが戸惑う番だった。

「わたくしが、ですか？」

「ああ。個人的には、シモンズ王国の連中の君に対する態度はひどいものだと思う。だが、エヴァンジェリン嬢を助けようともその酬《むく》いを求めない君に外交部の連中は胸をなでおろしたと聞いた」

酬いもなにも、ああすることしかできなかった私が非力なのは事実だ。そして、私の家がそれを求められるような立場でないことも。

まあ個人的に、私を振り切ろうとしたエヴァンジェリンには怒りを感じないでもないが。

それだって、死にかけた人物に怒りを向けるほど、怒りっぽくはないつもりだ。

「心なんて、広くありませんよ。むしろ狭くて嫌になるほどです」

だからって、心が広いなんて言われても困る。私だって許せないことは許せないし、怒るときは怒る。

「そうなのか？」

「そうです」

生徒会の仕事だって面倒だけどなんだか流されてやってるし、ホワイトフィールド侯爵の頼みだって引き受けたのは打算からだ。

だからそんな風に言われてしまうと、むしろ自分のちっぽけさが浮き彫りになって身の置き所がないような気持ちになってしまう。

「君の心が狭いというなら、俺などは狭すぎてどうしようもないな」

思いもよらぬ返事が返ってきたので、一瞬冗談だろうかと疑った。

だが彼は、気軽に冗談を言うような性格ではない。

「そうなのですか？」

「ああ。君が生徒会の手伝いに来たときもそうだ。最初は俺やウィルに近づこうとする他の女生徒と変わらないと思っていた。そんな女が来ても、仕事の邪魔になるだけだと」

確かに、ミセス・メルバの紹介で生徒会の手伝いを始めたばかりの頃、ジョシュアの反発は酷いものだった。

それでも記憶を取り戻す前の行いが行いだったので、悪く思われるのは仕方ないと思っていた。

それに冷たい言い方かもしれないが、生徒会の手伝いをして政務官への推薦がもらえるのなら、別にジョシュアと仲がよかろうが悪かろうが関係ないと思っていた。

だからこそビジネスライクに付き合ったつもりだったが、ジョシュアにはそれがよかったのかもしれない。

そもそもジョシュアもウィルフレッドもゲームの攻略対象なので、モブの自分がどうにかなるなんて考えもしなかった。というか、没落を避けるためには近づきたくないとすら思っていたのだ。まだあれから一年も経っていないというのに、なんだかずいぶん昔のことのように感じられる。

「それに……」

「それに？」

心が狭いという話には、まだ続きがあるようだった。

夜風に当たりながら、私は何となくその言葉に耳を傾けていた。

「もう実家にすら、シャーロットを帰したくないと思うほどだ」

一瞬、何を言われたのかわからなかった。

脳細胞が、ジョシュアの言葉を理解することを拒否した。

あるいは、彼にしては珍しい冗談だろうかとも。

でも、こちらを見下ろしている彼の顔は真剣そのもので、冗談はやめてくれなんてとても言える雰囲気ではなかった。

「ええと、それは……どういう意味でしょう？」

この期《ご》に及んでもまだ、私はジョシュアと今の台詞を結びつけられずにいた。頭の中で、心が狭いことと実家に帰ることがどう繋がるのか、首を傾げていた。

私の反応が芳《かんば》しくないことに気が付いたのだろう。ジョシュアはしばらくその夜空のような目を宙にさ迷わせると、こちらの顔を覗き込んできた。

さらりと彼の前髪が流れる音がした。

キスをされたと気付いたのは、離れていく彼の困ったような顔を見た瞬間だった。

◇ ◇ ◇

朝、公爵家の馬車に揺られながら私は未だに呆然としていた。

昨日から何度もあのキスが偶発的な事故である可能性について脳内会議を繰り広げているのだが、どれだけ考えても最後にはジョシュアの困ったような顔が浮かんで、何も考えられなくなってしまう。

確かに、他の女生徒よりは好感を持たれているだろうなという認識はあったけれど、それがまさかああいうことをしたい好きだとは思いもよらなかったのである。

あんなに立派なドレスを贈られて、なおかつエスコートまでしてもらってその認識もどうかと思うのだが、基本的にジョシュアは女性を寄せ付けないので、たまたま仲良くなった私には親切なんだろうなと思っていた。

というか普通、ゲームの攻略対象になるような高スペック男子が私を好きになるなんて、考えもしないと思う。

恋愛ゲームで臆面もなくイケメンにアプローチできるのは、それがゲームだからだ。

現実の私はとてもじゃないがそんなことできないし、実際、前世の記憶を取り戻してからもそんなことはしていない。

それが、どうして、こんなことに、なったのか。

私はいたたまれなくなり、両手で顔を覆った。

今になって、エスコート役がいないと相談したときのエミリアの反応に合点《がてん》がいった。

彼女は自分の兄の好意に私が当然気付いているものと思っていたのだ。ところがエスコート役がいないなんて相談するものだから、怒ったと。

でも、仕方ないじゃないか。

前世含め、私はそもそもそんなに恋愛経験が豊富な人間じゃない。

だから察しろなんて言われても無理だし、直接好きだと言われたとしても信じなかった可能性の方が高い。

だからって、だからって、突然キスとか。

昨日はあの後無我夢中で逃げてきてしまったが、今度会ったときは一体どんな顔をすればいいのか。

顔を覆ったままじたばたしたところで、馬車が止まった。

どうやら考え事をしている間に城に到着してしまったらしい。

ジョシュアのことばかり考えていたので、エヴァンジェリンにどう接するのかは何も考えつかなかった。

こんなことではいけない。どうにか頭を切り替えなくては。

エヴァンジェリンを訪ねると、セリーヌはまだ王宮に来ていなかった。

エヴァンジェリンが救出されて間もない頃は彼も王宮に泊まり込んでいたらしいが、国王が遣わした侍医が彼女の肉体は既に癒えていると判断してからは、王都にある屋敷から通うようになったそうだ。

セリーヌをウィルフレッドの婚約者にしたい勢力からは、もっと滞在を続けて親密になってほしかったらしいが、エミリアを王太子妃候補にと考える勢力のことを考えればセリーヌの判断は賢明だと思う。

なにせ我が国では、エミリアを王太子妃候補にと考える勢力の方が圧倒的に強い。セリーヌを推しているのは、ユースグラット公爵家をよく思っていない一部の貴族たちなのだ。

勿論その中にはシモンズ王国との交友を深めるべきだという一派もいるが、貴族全体で見れば少数派である。

特にエミリアが生徒会に入ってからは、王太子妃にエミリアを推す声が加速した。彼女の難点は周囲を顧《かえり》みない言動と性格だったのだが、最近はその苛烈《かれつ》さも鳴りを潜めているからだ。

エヴァンジェリンもエミリアのようにとは言わないが、せめてもう少し年相応の我慢を身に着けてほしい。一体どのように甘やかされれば、主君であるセリーヌを独占してもいいという考えに至るのか。

そう言えば昨日の訪問で私がセリーヌの性別を知っていることも知られてしまったのだった。

彼女にしてみたら、私は目障りな存在でしかないだろう。これでセリーヌ抜きで会ったりしたら、一体どんな罵詈雑言《ばりぞうごん》を浴びせられることか。

憂鬱《ゆううつ》な気持ちで入城し、見かけたメイドに案内を頼んだ。

城の中は敵に攻め込まれたときのために迷路のような造りになっている。一度や二度案内されたぐらいでは覚えられそうにないし、逆に覚えてしまうと今度はなにか企んでいるかもしれないと勘《かん》繰《ぐ》られる。つまり何が言いたいのかというと、毎回メイドに頼んで案内してもらえば間違いないということである。

昨日と同じようにメイドが去ると、私は恐る恐る控えの間に入った。

控えの間には、セリーヌの代わりにメイドが一人控えていた。普通、こうした客人身分の令嬢には世話をするメイドが数人つけられるものだが、おそらくエヴァンジェリンが嫌がるので最低限の人員で回しているのだろう。

私を迎え入れてくれたメイドも、感情を顔に出さないようにしているのだろうが疲れた空気が伝わってくる。

「取り次ぎをお願いできますか?」

そう言うと、メイドは悲壮な顔になった。

きっと朝からエヴァンジェリンの相手をして疲労困憊《こんぱい》しているに違いない。

申し訳なく思いながら、寝室に繋がる扉に向かうメイドに続く。

「お客様がお見えになりました」

一体どんな罵詈雑言が飛んでくるだろうかと覚悟したが、耳に入ってきたのは思わぬ言葉だった。

「お姉様！」

なんとエヴァンジェリンは、ベッドから飛び出してこようとしたのである。

だが私の顔を見た瞬間、喜びに満ち溢《あふ》れていたその顔から一気に色が消えた。更に、ずっと動いていないので足がもつれ、その場に倒れ込む。

「大丈夫ですか？」

絨毯の毛足が長いので衝撃はそれほど大きくないだろうが、流石に放っておくわけにはいかない。

私とメイドが慌てて駆け寄る。

「ご無事ですか？」

しかしそんな私たちに、エヴァンジェリンは両手を振り回して威嚇《いかく》した。

「近づかないで！　出て行ってよ！　セリーヌ姉様以外この部屋に入らないでって言ったのに！」

伸ばしかけた手をぺちりと叩き落とされ、メイドが途方に暮れていた。

私はメイドに後は任せて部屋を出るように言い、エヴァンジェリンと二人きりになった。

床に頽《くずお》れた少女が、今度は早口で何事かまくし立てている。

「どうしてお姉様じゃなくて、あなたなんかがくるの⁉　あなたなんか嫌い！　さっさと出てって！　セリーヌ姉様と一緒にいられるからっていい気になって、気に入らないのよ。あなたの顔なんか見たくもないっ」

ひどい言われようである。

ここまでくるといっそ腹も立たない。

私は大きなため息をつくと、膝を折って彼女と目線を合わせた。

「何？　何を言われたって私は――……」

その暴言を、エヴァンジェリンは最後まで口にすることができなかった。

なぜなら、私が右手で思い切り彼女の頬を張ったせいだ。

バチンと大きな音がして、彼女の長い髪が揺れた。

しばし落ちる沈黙。

私は驚愕しているエヴァンジェリンを見ながら、叩いた側の手も痛いのだなということを実感していた。

「なにするのよ⁉」

床に膝をついていたエヴァンジェリンが私に襲い掛かろうとしてきたので、後ずさってそれを避けた。

エヴァンジェリンはシュミーズの裾を自分の膝で踏んでしまい、もう一度派手に倒れ込んでいた。

それを見下ろしながら、私は彼女から距離をとる。またも襲い掛かられてはたまらないからだ。

そしていつまでも倒れ込んでいる彼女に、声をかける。

「自分でお立ちください。あなたを助けてくれる方はここには誰もいませんよ」

我ながら突き放した言い方だと思いつつ、腕を組んで彼女の行動を見守る。

まさか頬を打たれるとは思っていなかったのか、エヴァンジェリンは言葉を失ったまま私を凝視していた。

「な、な、なんで……」

「なぜとお聞きになるのですか？　ご自分が周囲に迷惑をかけている自覚がないと？」

いかにも呆れましたとばかりに言えば、エヴァンジェリンはふらつきながらも立ち上がり眼光鋭く私を睨んだ。

日に当たらず白くなった肌が、怒りのあまり紅潮して彼女の感情の高ぶりを知らせる。

「こんなことして許されると思ってるの⁉　お父様に言いつけてやるわ。お父様は国一番の騎士なの。あんたなんか殺されちゃうかもしれないんだから！」

とんだ殺害予告である。

私は心底呆れたとばかりに、もう一度ため息をついた。

「そんな脅しが通じると思いますか？　あなたの国ではどうだか知りませんが、あなたのお父様が私を殺害して、おとがめなしでいられるとでも？」

私の問いに、エヴァンジェリンは悔しそうに歯噛みした。

よく考えれば、他国の人間であるエヴァンジェリンに手を上げた私の行動もおとがめなしではいられなさそうなものだが、頭に血が上ってしまった彼女はそこまで気が回らないらしい。

「だからって、こんなこと許されるはずがないわ！　あんたなんか……あんたなんかっ‼」

エヴァンジェリンは萎《な》えた足で何とか立ち上がると、まるで映画のゾンビのようにのろのろと歩き出した。私は彼女と距離を縮めないよう、少しずつ後ろに下がる。

彼女の表情は憎しみに満ち溢れていた。よくもこの若さでここまで人を憎めるものだ。

だが生憎《あいにく》と、最近の私は他人の悪意に慣れてきてしまっている。

この世界であまりにも嫉妬や悪意に晒されるものだから、いちいち怯《おび》えていられるほど呑気な性格ではなくなってしまったのだ。

とにかく方法は悪いが、彼女をベッドから出すことには成功した。

ショック療法のようになってしまったのは気がとがめるが、もともと私をセリーヌだと勘違いして勝手にベッドから飛び出したのはあちらなので、私はそれを煽っただけである。

いつそのことを本人に伝えようか考えていると、ノックの音がした。

エヴァンジェリンはノックの音など耳に入らないのか、一心にこちらに向かって歩いてくる。

「どうぞ」

部屋の主の代わりに私がそう言うと、扉が開いてセリーヌが姿を見せる。

やってきた彼が一番最初に目にしたのは、よろけながらも必死に歩くエヴァンジェリンの姿だった。

「エヴァ！　歩けるようになったんだな！」

彼の声は、喜びに満ち溢れていた。

その声に、エヴァンジェリンはようやく我に返ったようだ。

セリーヌが喜びのままに彼女を抱きしめると、その打ってない方の頬まで赤く染まってしまった。

私は冷たい水と布巾を控えの間にいたメイドにお願いし、それが届くまでしばらく二人の会話を見守ったのだった。


「シャーロットがそんなことを？」

ある意味予想通りというかなんというか、我に返ったエヴァンジェリンは早速先ほどの出来事をセリーヌに話し、私に相応しい処分を下すよう懇願《こんがん》した。

絞った布巾で頬を冷やす痛々しいエヴァンジェリンの顔と私の顔を見比べ、セリーヌが困惑しているようだ。

別に隠し立てするつもりはなかったので、私はこくりと頷いた。

「ええ、いたしました。メイドの手を振り払い、聞くに堪《た》えない言葉で罵倒なさいましたので」

ちっとも後悔などしていないのでそっけなく言うと、怒りがぶり返したのかエヴァンジェリンの顔が歪む。

セリーヌはそんな私とエヴァンジェリンを見比べ、ため息をついた。

彼の目が、どうしてこんなことをとでも言いたげな色でこちらを見ている。確かに私は、普段積極的に暴力に訴えかけるタイプではない。むしろ、事なかれ主義の純日本人的な気質だと自負している。

だが、それでもエヴァンジェリンの行動は目に余った。

確かにシモンズ王国においては、彼女の暴虐も許されたかもしれない。使用人に当たり散らそうが、家格の劣る貴族に偉ぶろうが、誰も彼女に逆らうことはできないだろう。

だが、この国ではそうではない。

この国ではシモンズ王国の慣例など関係ない。

なおかつ、エヴァンジェリンの行いは両国の友好を成そうとする使節団やセリーヌの努力に唾《つば》を吐きかける行為である。

今は若い娘のすることとお目こぼしされているが、それもいつまで持つかはわからない。

エヴァンジェリンのせいで二カ国の友好にひびが入ったら、一体どうしてくれるのか。

まあ既に、私と彼女との間の友好にはしっかりとひびが入っているけれども。

だが私とて、ただ苛ついて彼女に手を上げたわけではなかった。

「エヴァンジェリン様」

私の呼びかけを、エヴァンジェリンは最初無視しようとした。

だがセリーヌの視線に負け、やがて不貞腐《ふてくさ》れたように口を開いた。

「なによ」

「数日前、わたくしはホワイトフィールド卿の訪問を受けました」

「お父様の？」

エヴァンジェリンはその事実を知らなかったらしい。

一体どういうことだと、身を乗り出してきた。

「ええ。そこで頭を下げて頼まれたのです。エヴァンジェリン様の友人になってほしいと」

「そんな……！」

ホワイトフィールド侯爵の行動は、エヴァンジェリンにとってよほどショックだったようだ。

その体は戦慄《わなな》き、見ている方が心配になるほどだった。

「嘘よ！　お父様があなたなんかに頭を下げるはずがない。お父様は誇り高い騎士だものっ！」

エヴァンジェリンの目には、涙が浮かんでいる。

確かに挨拶でも頭を下げるような日本とは違い、この世界で頭を下げることなどめったにない。

余程身分が違うか、あるいは主君に対して最上級の礼をする場合のみ頭を下げて急所であるうなじを晒すのである。

特に騎士にとって、頭を下げて無防備な姿をさらすというのは大きな意味のあることであった。

なぜなら騎士への叙任の際、騎士は主君に跪き、うなじを見せて忠誠を誓うのである。

エヴァンジェリンの取り乱しようは、私の想像以上だった。

そこまで父を尊敬しているのならば、どうしてその父の立場を貶めるような行動ばかり繰り返すのかと思わず尋ねたくなってしまうほどだ。

エヴァンジェリンは縋るような視線をセリーヌに向けた。

私の言葉を否定してもらいたいのだろう。

だが、彼女の望みは叶わなかった。

「……本当だ」

重い口を開き、セリーヌが首を左右に振る。

ショックを受けているところを申し訳ないが、私は今がそのときとばかりに畳みかける。

「わたくしはホワイトフィールド卿の申し出を受けました。その際に、わたくしがあなたに対して何をしても許容《きょよう》していただくと書面にて合意を得ています。つまり、何が言いたいのかというと、エヴァンジェリン様がお父様に訴え出ても全くの無駄ということです」

エヴァンジェリンは歯を食いしばり、屈辱と絶望に震えた。

なんだかこれじゃあまるで私の方が彼女をいじめているみたいだ。

なんだかなぁ。

「セリーヌ」

「なんだ？」

私がいつものように彼の名を呼ぶと、エヴァンジェリンが一瞬虚《きょ》をつかれたように私たちを凝視した。私がセリーヌの名を呼び捨てにしたこと、そしてそれをセリーヌが受け入れたことにショックを受けているのが、ありありと見て取れた。

「明日からは、彼女の友人としてわたくしがここに参ります。なのであなたは、生徒会に復帰してください。私たち二人の不在でエミリアがそろそろ限界のようです」

昨日、屋敷でお小言を言われたのは本当だ。

確かに彼女にばかり負担をかけて、申し訳ないと私も思っている。

「だが……」

突然の復帰要求に、セリーヌは明らかに戸惑っていた。

私とエヴァンジェリンの顔を見比べ、明らかに迷っている様子だ。

「セリーヌ。あなたとエヴァンジェリンは、どちらが主なのですか？　妹分が心配なのはわかりますが、いつまでも手を引いていては、赤子は一人で歩けませんよ」

私の過激な喩《たと》えに、セリーヌは息を呑んだ。

「……わかった」

望む答えを得て、私は内心で安堵のため息を漏らしていた。

なんだかんだでエヴァンジェリンを放っておけないセリーヌがいると、エヴァンジェリンは何も変わらない。変わる必要がないからだ。

「お姉様！　この女の言うことなんて――」

エヴァンジェリンが叫ぶ。

それにしても先ほどから暴れたり叫んだりで忙しいが、一体どこが病人だというのだろう。

彼女がしていることは、親の興味を引きたくて病気のふりをする子どもと同じだ。

「先ほどからご覧の通り、エヴァンジェリン様の体調のことならもう心配ありませんよ。先ほど歩いているところを、セリーヌもご覧になったでしょう？」

エヴァンジェリンの言葉を遮ってそう言えば、セリーヌは気遣わしげな顔をしつつも、小さく頷いた。

「そうだ。歩けるようになってよかった」

セリーヌの心からの言葉に、エヴァンジェリンは反論しようとしていた口を閉じた。

ほんの少しくらいは、迷惑をかけていたという自覚があるらしい。

セリーヌはまるで幼い子どもにするように手を伸ばし、エヴァンジェリンの頭を乱暴に撫でた。

エヴァンジェリンの顔が、怒りとは違う理由で赤く染まる。

私は出会ってから初めて、エヴァンジェリンをかわいいと思った。

◇ ◇ ◇

さて。セリーヌは去り、再び部屋の中には私とエヴァンジェリン二人きりになった。

エヴァンジェリンは私を無視しつつも、次は何をやらかすつもりだと警戒しているのがひしひしと伝わってくる。

「そんなに警戒しなくても、もう頬を打ったりしませんよ」

声をかけてみた。

だが、返事はない。

「わたくし、あなたにお聞きしたいことがあったのです」

エヴァンジェリンが口を開くのを待っていてもらちが明かないので、勝手に話を進めることにした。

「あなたはまだセリーヌを裏切り続けるつもりなのですか？」

エヴァンジェリンの弱点でもあるセリーヌの名を出せば、動揺したのか明らかな反応があった。

「っ……私がお姉様を裏切ったことなんて一度もないわ！」

叫び過ぎたせいか、エヴァンジェリンの声は嗄《か》れ始めていた。

それでも必死に、己がどれだけセリーヌに対して誠実に生きてきたかということを切々と語りだす。

まるで水を湛えた巨大なダムが、決壊したみたいだ。

「初めてお会いしたとき、なんて美しいお方だろうと思ったの。私は一目でお姉様に夢中になった。どんなお人形よりも美しく、絵本の姫君よりも清らかだった。ずっとお傍にいたかった。だからあの方の秘密を知ったとき、それを知っているのがあの方に選ばれた人間だけだと知って、嬉しかった。男でも女でも構わなかった。お姉様は私の人生の中で最も大切で尊い方なの」

夢見るような表情が、空恐ろしく感じられる。

「けれど、何も知らない陛下はお姉様にこのサンサーンスに嫁ぐようおっしゃったの。そんなことできるはずがない。すぐに戻るっておっしゃったのにお姉様は！」

ウィルフレッドの婚約者候補としてサンサーンスにやってきたセリーヌは、ウィルフレッドの在籍する王立学校で一般の生徒と同じように学ぶようになった。

セリーヌとエヴァンジェリンの約束が、真実であるかどうかは私にはわからない。

なぜなら年齢的にセリーヌの女装は限界にきていて、国に戻って姫君を演じるのには無理があったからだ。

セリーヌの優しい嘘の可能性もあるし、エヴァンジェリンが何か思い違いをしているのかもしれない。

だが、今大切なのはそんなことではない。

「そのセリーヌを、裏切ったのはあなたではないですか」

「だから、裏切ってなどいないわ！」

「ですが、あなたは怪我が治癒していないと思わせて、セリーヌを独占し続けようとした。実際には歩けたのに」

医師の診断では、彼女の怪我は癒えているとのことだった。

歩けないのは、ベッドから出られないその理由は、精神的なものだろうと。

だが、彼女は私の挑発に乗り、ベッドから出てみせた。

なんてことはない。彼女は歩けたのだ。

勿論、心に傷を負い本人が望もうとも歩けなくなることはあるのだろう。

心は繊細なものだから、そういった症例を否定するわけではない。

ただ、前日に会った時点で私は既に彼女が歩けると確信していた。

その理由は、メイドを寄せ付けないはずの彼女が薄く化粧をしていたからだ。

セリーヌに化粧をしてもらっていた可能性もあるが、化粧をしてもらうということはつまり、セリーヌにすっぴんを見せるということ。

ここで疑問が生じた。

セリーヌに執着しているエヴァンジェリンが、彼に対してすっぴんを見せるだろうかということだ。

彼女の性格からいって、その可能性は薄いように思われた。

だが自分で化粧をしようにも、ベッドから出なければ化粧道具のところにすらたどり着けないだろう。ベッドは部屋の中央に置かれていて、近くに小物入れのようなものは存在しない。

そこで私は、エヴァンジェリンを挑発してベッドから出られるか試してみた。というか、試してみようとしていた。

実際には朝の時点で焦《じ》れたエヴァンジェリンが自らベッドから飛び出してきわけだけれど、あの時点ではまだ歩いたわけではなかった。

しかし彼女はセリーヌではなく私がやってきたという事実に激高《げっこう》し、更に頬を打たれたことで我を忘れ、歩けないはずのところをしっかりと歩いてしまったのである。

更にこれは完全なる偶然なのだが、その歩いているところをセリーヌに目撃されてしまった。

多少強引になってしまった感は否めないが、明日からはちゃんとベッドから出て日常に復帰してもらいたい。

私の言葉が痛かったのか、エヴァンジェリンは傷ついたような顔をしている。

けれどそんな顔をする資格は、彼女にはないと私は思う。

「けれど、あなたの裏切りはそれだけじゃない」

「どういうこと？」

本当にわからないのだろう。エヴァンジェリンは怪訝そうな顔をする。

私は息を吸って、大きく吐いた。

「あなたからすれば、かわいいお願いのつもりだったのかもしれない。ずっと傍にいてほしいとセリーヌに願うことは。けれどセリーヌにしてみれば、それはお願いなどという生易《なまやさ》しいものではなかった」

「……？」

エヴァンジェリンの顔に、不安げな色が混ざる。

「あなたは、セリーヌの性別を知っている。そしていつでも、やろうと思えばその事実を公表することができる。そんな人物からのお願いは、お願いとは言わないんです。あなたがしていたことは、脅迫です。弱みを握って相手を思うままに動かそうとする詐欺師と同じです。エヴァンジェリン・ホワイトフィールド」

エヴァンジェリンが私の言葉を理解するのには、少しの時間が必要だった。

そして言葉の意味を理解したのか、ただでさえ白いその顔色はうっすらと青ざめていた。

「脅迫だなんて！　私はそんなつもりは――！」

「あなたにそんなつもりがなくとも、そしてセリーヌに自覚がなくとも、これはれっきとした脅迫です。あなたは、好きだという相手を脅迫して自分の思うままにしていたんです。そして、私がその秘密を知っていると知ると怒りを爆発させた。つまり秘密を独占して己の優位性を高めようとしていたのです。これが脅迫以外のなんだというのでしょう」

「嘘よ……」

怒りではなく、恐怖でエヴァンジェリンは震えていた。

どうしようと後悔する心があるのなら、まだ彼女はやり直せるかもしれない。

私は黙って、そんな彼女の様子を見続けていた。

一人にしてあげるべきかもしれないとも思ったが、私には彼女に確認すべきことがまだ、残っていた。

◇ ◇ ◇

どれくらいの時間が経っただろうか。

エヴァンジェリンの震えが止まり、彼女は何か言いたげにこちらを見つめていた。

だが、話しかけるには未だに躊躇《ためら》いが優るらしい。

そこで、こちらから話しかけて用件を済ますことにした。

「ところで事件の日、エヴァンジェリン様はどうしてわたくしから逃げようとなさったのですか？」

さっきまでの話の内容と全く違う質問だったので、エヴァンジェリンは面食らったようだった。

当時、エヴァンジェリンは案内役がセリーヌではなくなったことに立腹していた。

だから私を撒《ま》こうとしたのだとは思うのだが、当日は護衛の騎士も帯同していたのでドレスを着ていたエヴァンジェリンが騎士まで撒くのは不可能だったように思われる。

彼女が父親直伝《じきでん》の体術にでも秀《ひい》でていて、剣を持つ騎士二人を伸《の》すことができるというなら話は別だが。

一応、そんなことはないという事実を侯爵にも確認してある。

この質問をしたとき、ホワイトフィールド卿は爆笑して否定していた。

「あの日は……」

躊躇いがちに、エヴァンジェリンは口を開いた。

第五章　真実の行方

城から馬車で帰る道すがら、私は焦っていた。

エヴァンジェリンの話は、思いもよらぬものだったのだ。

今すぐに、この話をセリーヌに伝えて協議しなければならない。

そういうわけで私は今、城からまっすぐ王立学校に向かっていた。

この時間ならまだ、セリーヌもそしてエミリアもまだ学校にいるはずだ。

それほど長くない道のりが、やけに長く感じられた。一秒ごとに、私の中に焦燥《しょうそう》が降り積もっていく。

こんなことになるなんて、ちっとも思っていなかった。

まさかエヴァンジェリンが――犯人によって操られていたなんて。

私は礼儀作法をかなぐり捨て、校内を駆けた。

制服に着替えてくる暇もなかったので、登城したときのドレス姿のままだ。

夜会用のそれではないとはいえ、やはり重いし速足ぐらいの速さにしかならない。

きっと、図書館でのエヴァンジェリンもこのような状態だっただろう。

どうして気付かなかったのだろう。エヴァンジェリンは学校に土地勘などない。当然、案内されたばかりの図書館の構造など知らない。

なのにあの日、私は彼女に追いつけなかった。

彼女の方は、ドレスを身に纏っていたにもかかわらずである。

当時はそこまでそのことについて考えることはなかった。追いかけることに精一杯で、おかしいとも思わなかった。

エヴァンジェリンは事前に。あのステンドグラスの下に呼び出されていたのだ。

彼女は適当に逃げ回っていたわけではなく、目的をもって足を進めていた。だからこそ追いつけなかった。彼女の足には躊躇いがなかったから。

◆　◆　◆

「セリーヌ！　エミリア！」

勢いよく生徒会室の扉を開けると、セリーヌとエミリアが驚いたような顔で手を止めた。

「シャーロット？」

「エヴァと一緒じゃなかったのか？」

私はまず、二人が無事であることにほっと息を吐いた。

私はそのまま二人の質問に答えるでもなく、つかつかと部屋の中に足を踏み入れた。

整頓されてはいるが、生徒会室の中にはあちこちに紙の資料が堆積《たいせき》している。

私はその中から目的のものを探し出し、自分が使っている机の上にどさりと置いた。

まだ息は乱れ、ドレスで走った負担から体は悲鳴を上げている。

だが今は、そんなことに構ってはいられない。

私が机の上に置いたのは、生徒から寄せられる意見に混ざっていた脅迫状だった。ホワイトフィールド侯爵に送られたものではない。私に対して送られてきたものである。

投書の仕分けは現在執行部にお願いしており、脅迫状は目を通す必要がないものに分類されるので、執行部が間に入るようになってから送られてきたものは一切読んでいない。

そういうものが来ているという、存在は知っていた。確かに、私のような木っ端伯爵令嬢が生徒会長になるなんて、面白く思わない者もいるだろうと納得してもいた。

だから存在は知っていても目を通しはしなかった。

自分を傷つけるために送られた文章に付き合っていられるほど、私は暇ではなかったのだ。

だが一方で、これではホワイトフィールド侯爵を責められないなと悔恨《かいこん》の念を抱く。

「どうしたんだ急に、こんなものを持ち出して」

「そうですわ。こんなもの、見るだけ無駄ですわよ」

私が手にした紙を目にした二人が、口々に言う。

確かについさっきまで、私も二人と同じように思っていた。

「実は、大変なことがわかったのです」

「大変なこと？」

「ええ、エヴァンジェリン様襲撃が、私を狙った犯行である可能性が出てきたのです」

自分で言っていることのおぞましさに、怖気《おぞけ》立った。

目の前の二人の顔色も変わる。

「どういうこと？」

「先ほど、エヴァンジェリン様から話を聞いてきました。事件当日の彼女の図書館での行動は、何者かから指示を受けてのものだったらしいのです」

「指示……？」

「そんな……エヴァはそんなこと一言も……」

怪訝な顔をするエミリアとは異なり、今日までずっとエヴァンジェリンと過ごしていたセリーヌはショックを隠せないようだ。

だが、エヴァンジェリンがセリーヌにこのことを隠していたのも無理はなかった。

なぜなら彼女は、パーティーの席でセリーヌに紹介された私が気に入らず、その後何者かによって送られてきた手紙にそそのかされて、私をあのステンドグラスの下まで誘導しようとしたというのだ。

私は脅迫状を漁《あさ》る手を止め、エヴァンジェリンから預かってきた小さな紙片を取り出した。

草臥《くたび》れた羊皮紙に、乱暴な筆跡で私の名前が書かれている。

そして私が、本来セリーヌがなるはずだった次期生徒会長の座を卑怯《ひきょう》なやり方で奪い、更にシモンズ王国の王族であるセリーヌを部下としていいように使っていると、あることないこと書かれていた。

いかにもエヴァンジェリンの神経を逆なでしそうな文面である。

「これは……っ」

そして末尾に、この人間を陥《おとしい》れる気はないかという誘い。それに図書館の見取り図と、ここに私を連れ込むだけでいいと誘い込む場所も表示されていた。

それは間違いなく、エヴァンジェリンを介して私を害そうとする計画の指示書だ。

こんな怪しい、しかも差出人すら書かれていない文章を本気にするエヴァンジェリンもどうかと思うが、彼女は私を誘い出すだけなら大したことにはならないだろうと踏んでいたらしい。

ほんの軽い、意趣《いしゅ》返しのつもりだったと。

だが、この指示書のことをセリーヌに話せば、自分が私を害そうとしたことも告白しなければいけなくなる。

エヴァンジェリンはそうなることを恐れ、この話を黙していたのだ。

「視察の初日、エヴァンジェリン様に使用人を介して届けられたものだそうです。なので差出人はわからないと……」

セリーヌもエミリアも、揃って難しい顔をしていた。

当然だろう。

今まで犯人の狙いは、ホワイトフィールド侯爵への脅しだろうというのが多勢の見方だった。

故に使節団は学校での視察を早々に切り上げ、護衛を増やして王宮に籠《こも》っているのである。

だがこれが、使節団団長の娘を使った次期生徒会長襲撃事件だったとすると、事態は大きく変わってくる。

まずなによりもまずいのが、シモンズ王国の人間だろうと思われた犯人が実はサンサーンス王国の人間であると思われる点である。

この辺りは外交的にもかなり不味《まず》い。

そう思い、生徒会に届いていた脅迫状の中に指示書と筆跡などが似ているものがないか見比べていると、エミリアがまるでそれを止めるように私の手首を掴んだ。

どうして邪魔されるのかわからず、私より少し背の高い彼女の顔を見上げると。

「だったら、一番危険なのはあなたということではありませんか！　それをどうして、一人でのこのこ学校にやってきたりしたのですかっ！」

叱りつけられ、思わず体が固まる。

そういえば新たな事実に夢中になって、自分の危険性にまで頭が回っていなかった。

「エミリアの言う通りだ。シャーロットはずっと公爵家か王宮にいた。だから犯人は手出しできなかったんだ。だとしたら、ここにいるのは危険だ！」

先ほどまで呆然としていたセリーヌも、我に返ったように叫ぶ。

確かに言われてみれば、ジョシュアたちに引き留められたことで私は自宅にすら帰っていない。貧乏貴族で警備もろくにいない伯爵家と、国に大きな影響力を持つ公爵家では外敵に対する防衛度が桁《けた》違いだ。

ならもし私が遠慮して、実家に帰っていたら一体どうなっていたのだろう。

幼い頃から仕えてくれていた侍女に連れ出され危うく死にかけた事件を思い出し、私は身を固くした。

「でも、今は手掛かりを……」

それでも私は、手元の脅迫状を確認する作業に未練があった。

標的が私であったにしろホワイトフィールド侯爵であったにしろ、一刻も早く犯人を見つけるべきだというのは変わらない。

死人こそ出なかったとはいえ、ステンドグラスが割れたせいで私とエヴァンジェリンは死にかけた。犯人には、そのことを償ってもらわねばならないのだ。

「馬鹿ね」

なかなか動こうとしない私からエミリアは手を放し、部屋を出て行った。

呆れられただろうかと思っていると、しばらくして涼しい顔で戻ってきた。

「ぼんやりしていないで。護衛を出すよううちに使者を出したから、それが着いたら書類ごと公爵家に向かうわ。セリーヌ、あなたもよ。早く！」

エミリアは言うが早いか、自らの書類をまとめ始めた。唖然とそれを見ていた私とセリーヌは、もう一度怒鳴られてようやく荷物をまとめ始めたのだった。

◆　◆　◆

あの後、エミリアが言った通り公爵家から護衛の兵士が派遣されてきた。

私たちはそれに守られながら、それぞれ自分が乗ってきた馬車でユースグラット公爵家に向かう。

自分が思っていたよりも物々しい事態に、私は気後れしていた。

やはりエミリアは公爵家の令嬢なだけあって、人に命令することに慣れている。

以前はできるだけ近寄りたくないと思っていた相手だが、有事の際にはこんなにも頼もしくなるなんて思ってもみなかった。

やはり人は、変わるもの。

エミリアは確実に変わったし、私の受け取り方もまた、変化し続けているのだろう。

公爵家に着くと、私はその物々しさに驚かされることになった。敷地内の所々には篝火《かがりび》がたかれ、一体どこにこれだけの人がいたのかと思うほど武装した兵士が増えている。

勿論普段から公爵家では有事に備えての警備が行われているが、その人数は普段の比ではなかった。

「こ、これはいくらなんでも……」

私が狼狽えていると、先に馬車を降りていたエミリアがため息交じりに呟いた。

「どうやらお兄様が家にいたみたいね」

どうしてそんなことがわかるのだろうかと、私は不思議に思った。

だが厳戒態勢の中、屋敷に入ってみると、玄関ホールには確かに腕組みをして仁王立ちになるジョシュアの姿があった。

その眉間には今までに見たことがないほど皺が寄っていて、話しかけることすら躊躇うような怒《ど》気《き》を放っている。

私はジョシュアが、屋敷を武装化したエミリアに対して怒っているのかと思った。

だからもしエミリアが怒られるようなことがあれば、彼女は悪くないのだと自分が説明しなければ――と。

だが、私の顔を見てジョシュアが放った一言に、自分が酷い思い違いをしていたことを知った。

「遅い！」

激しい語調に、思わず萎縮《いしゅく》してしまいそうになる。

そしてジョシュアはエミリアではなく、つかつかと私の方に歩み寄ってきた。

その顔があまりにも怖いので、思わず身構えてしまう。これではエミリアを庇うどころではない。

ジョシュアには怒られ慣れていると思ったが、最近の彼は穏やかなのですっかり油断していた。

というかキスをされてから会うのが気まずかったのに、まさかこんな事態になっているなんて思いもしなかった。

私は運命の神様を恨みたくなる。

どうして一介《いっかい》のモブが、こんなにも立て続けに様々な事態に遭遇するのかと。

「怪我はないか⁉　無事かシャーロット！」


――ん？


予想に反して、怒られたりはしなかった。

もしかしてジョシュアは、怒っているからではなく心配してそんな険しい顔になっているのだろうか。

ううう、そんなに顔を近づけられると、バルコニーでの出来事を思い出して顔が熱くなってしまう。

「あ、あの……」

でも心配してくれたのにと思うと、離れてくれとも言いづらい。

というか、なんだろうこの恥ずかしくてひどくくすぐったいような気持ちは。

迷惑をかけて申し訳ないと思うのに、心配してくれて嬉しいという気持ちは。

「ジョシュア、そんなに怖い顔をしていてはシャーロットが怯えるだけだ」

ジョシュアの慌てぶりを見てようやく我に返ったのか、セリーヌがとりなしてくれる。

その言葉に、ジョシュアも落ち着きを取り戻したようだ。

まあ怯えていたというか、照れて恥ずかしがっていただけなのだが。しかしそれを白状するのも気恥ずかしいので、大人しくしていた。

きっと今、私はとんでもなく情けない顔をしていることだろう。

「あ、ああ……すまない」

そう言って、ジョシュアは私から離れていった。

ほっとしたような、残念なような。

「とにかく、詳しい話を聞かせてくれ。シャーロットが狙われているから護衛を寄越《よこ》せというのは、一体どういうことなんだ？」

どうやらエミリアは、公爵家に護衛を依頼する使者に最低限のことしか伝えなかったらしい。

確かに、隣国からの客人であるエヴァンジェリンが犯人に協力していたかもしれないなんて、軽々しく口外できることではない。

「いつまでも玄関ホールにいないで、中に入りましょう。お兄様にも説明いたしますわ」

そう言って、エミリアは持ち帰ってきた書類の束を使用人に運ばせていた。

これから事態がどう転がるのか、このときの私には皆目見当《かいもく》がついていなかった。

◆ ◆ ◆

「まさかそんなことが……」

ドレスから室内着——といってもコルセットを着けていないだけで、十分に豪華なドレスなのだが——に着替え、私たちはゲームテーブルのある遊戯室に集まった。

こういった遊戯室はときに密談などにも使われるため、防音設備がしっかりしていて警備もしやすいらしい。

四人でゲームテーブルを取り囲み、私が代表してジョシュアに事のあらましを話した。

ホワイトフィールド侯爵に頼まれてエヴァンジェリンに会いに城に行っていたことはジョシュアも知っていたが、彼女が当日あのステンドグラスの下に私を誘い込むよう何者かに指示を受けていたと知ると、その顔は苦悩と怒りに歪んだ。

「これは外交問題だ。いくら使節団団長の娘とはいえ、我が国の貴族を害そうとするなど！」

この台詞に慌てたのはセリーヌだ。

「だが、エヴァもまさかあんなことになるとは思っていなかったんだ。彼女自身大きな怪我を負ったし……」

その様子からは、幼い頃から妹のようにかわいがって過ごしてきたエヴァンジェリンを庇いたい、そんな気持ちが透けて見えた。

「そんなこと関係があるか。そもそもシャーロットが庇わなかったら、あの女は今頃死んでいたかもしれないのだぞ？　命が助かっただけありがたいと思え」

頭に血が上っているのか、ジョシュアの態度は普段にも増して冷たいものだった。

いや、冷たいというよりは、怒りで頭に血が上っているというのが正確だろうか。

「お兄様、落ち着いてください。ミス・エヴァンジェリンを捕まえて罰したところで、何の解決にもなりませんわ」

対して、妹のエミリアは冷静だ。

普段は逆にエミリアが激高して冷静なジョシュアが諫《いさ》める場面が多いので、なんだか落ち着かない。

とはいえ、私は部外者ではなく当事者だ。

黙って成り行きを見守っているわけにはいかないだろう。

「そ、そうです。それに犯人の狙いが私だとしたら、犯人はサンサーンス王国の人間という可能性が高くなります。使節団の人間をサンサーンス王国の人間が傷つけたとなれば、それこそただでは済みません。事は慎重に進めなくては」

問題は複雑で繊細だ。

私としても、エヴァンジェリンを恨む気持ちより、彼女を巻き込んでしまった申し訳なさの方が強い。

「セリーヌはどう思いますか？」

シモンズ王国の人間としてセリーヌに意見を問えば、彼は少し考えた後、落ち着いた口調でこう言った。

「捕まえてもいない犯人のことを論じても無駄だろう。まずは犯人を捕まえることだ」

エヴァンジェリンの進退がかかっているだけに、セリーヌは慎重だった。

「そうですね。今は何より犯人を見つけることです」

「といっても、手掛かりはあるのか？」

「シャーロットに届いていた脅迫状の中で、ミス・エヴァンジェリンが受け取った指示書と筆跡が似たものがないか、使用人に調べさせています。量が多いのでしばらくかかるでしょうが」

エミリアの返事に、ジョシュアは驚いた顔になった。

「脅迫状だって？　なぜ言わなかったんだ」

「伝えようにも、お兄様はほとんど王宮に詰めてらっしゃったじゃないですか」

「だが……！」

ジョシュアがエミリアを責めるような構図になっていたので、慌てて割って入る。

「私がお願いしたんです。ウィルフレッド様やジョシュア様には黙っていてほしいと。今はお二人にとって大事な時期です。生徒会のことで、煩わせたくなかったので……」

学校の卒業を控え、公務を少しずつこなすようになったウィルフレッドは忙しく、それを支えるジョシュアも多忙を極めている。

そんな二人には心残りなく卒業してほしかったし、任されたからにはしっかりやらなければという気負いが私にはあった。

ジョシュアはなんとも複雑そうな顔で黙り込んだ。


ちょうどそのとき、部屋の扉からノックの音が響いた。やってきたのは、この家の執事だ。

「こちらの文面と共通点があるものが見つかりました」

驚いたことに、脅迫状の選別が終わったらしい。かなりの量があったのでもっと時間がかかると思っていたのだが、どうやら公爵家の使用人は思った以上に優秀なようだ。

「筆跡や言い回しに共通点が見られるものがこちら、更にインクや紙の材質が近いと思われるものがこちらとなります」

テーブルの上に置かれた山は、それぞれに三、四枚程度。

脅迫状の全量から考えると、割合的にそれほど多いわけではない。

更に執事はエミリアに詳細な説明をして、部屋を去っていった。

遊戯室には、私たち四人と紙の束が残される。

ジョシュアはその中から最初に指示書に手を伸ばした。私たちと違い、彼はその指示書を初めて見たのだ。

古びた羊皮紙の表面を吟味《ぎんみ》するように指で撫でながら、文面に目を通していく。

対してジョシュア以外の三人は、使用人が振り分けた脅迫状を見ていく。

シャーロットを罵《ののし》るもの。生徒会長には相応しくないと書き連ねるもの。署名があるものは一枚もない。

「この見取り図……」

しばらく黙って指示書を見つめていたジョシュアが、ぼそりと呟いた。

「見ろ」

そう言って彼は指示書をテーブルに置いた。

彼が差しているのは、図書館の見取り図である。ちょうど事件現場となった箇所に、指示と思《おぼ》しきバツ印がついている。

「図書館の見取り図ですわね」

「これがどうかしたのですか？」

一見して、なんでもない図のように思える。しいて言うなら、図書館に入ったことのないエヴァンジェリンのために、小さいながらもかなり詳細な見取り図といえた。

「詳しすぎる。外部の人間に、これほど精密な見取り図を描くことは不可能だ」

確かに言われてみれば、貴族の子どもたちが通う王立学校の警備は厳しい。更に言うなら、図書館は本棚が乱立していてかなり複雑な造りになっている。少なくとも、一度入っただけでこの図を作成するのは不可能だ。

「ではやはり……」

犯人はシモンズ王国の人間ではなく、サンサーンス王国の、それも学校内部の人間であるという可能性が一段と高まったということだ。

「それだけじゃない。問題はここだ」

ジョシュアが指さしたのは、筆跡が似ているということで執事が持ってきた脅迫状の内の一枚に書かれた文字だった。

羊皮紙が古いせいで、インクが滲《にじ》んで判別が難しい。

なんと書いてあるのかわからず首をひねっていると。

「ここに、『女神に捧ぐ生贄《いけにえ》』を意味する古代文字が書かれている」

私はそのとき、雷に打たれたような衝撃を受けた。

「古代文字……？」

不思議そうにしているのはエミリアだ。

確かに古代文字というのは、この国では一般的ではない。学校のカリキュラムの中にそれを学ぶものはないし、国民の中でも知っている者はごく少数だろう。

それではどうして私がそれの存在を知っているかというと、それはこの世界の元になったゲーム『星の迷い子』に登場する重要なファクターだからだ。

ゲームにしては珍しく魔法などのファンタジーがほとんど存在しないこの世界において、星にまつわる神話と古代文字はほぼ唯一ともいえるファンタジー要素である。

攻略対象たちは、それぞれ家に伝わる神話と古代文字を受け継いでいるという設定だ。

ウィルフレッドやセリーヌには王家に伝わる神話があり、ジョシュアや他の攻略対象たちもその家の神話を受け継いでいる。

受け継ぐ神話はそれぞれに違っていて、攻略するキャラクターごとに明かされる神話は異なる。

私はゲームをフルコンプしたので全ての神話を知っているが、日々の雑事にかまけてそんなことすっかり忘れていた。

そっとセリーヌの顔を盗み見れば、彼も顔色が変わっている。

シモンズ王国の王家に伝わる古代文字と、脅迫状に書かれた古代文字が同じものであることに気がついたのだろう。

神話と古代文字は、基本的に家の継嗣に継承される。

女性と偽っているセリーヌがそれを知っているのは、彼の母親がひそかに教えたからである。

政争を嫌ってセリーヌの性別を隠した彼の母親は、星座を祀《まつ》る神官の家の生まれなのだ。しかし大衆に星座は秘されているので、当然その神官も隠された一族である。

なので彼女はなにがあっても、己の血から次世代の王を出すわけにはいかなかった。

といっても、もう前世の記憶はかなり薄れてきている。

私も、その星座にまつわるストーリーを全て思い出すことはできない。

だが一つだけ、わかることがある。

それはこの見取り図を描いたのが、攻略対象キャラクターの内の誰かだということだ。

私は悲しくなってしまった。それは、この事件の犯人に見当がついてしまったからだ。

どんなに脅迫状が送られてきても、相手が誰かわからないから気にせずにいられた。顔を持たない誰かの悪意など、気にしてもしょうがないと割り切っていられた。

だが、もうそうは思えない。

私の脳裏には、既にその人物の顔が思い浮かんでしまっている。

私は真剣な顔をするジョシュアの顔を盗み見た。

美しい顔。気難しい性格。彼も攻略対象キャラクターの内の一人だった。

もう彼を、キャラクターとして見ることはできない。私は人間として、彼を信頼し始めている。

勿論セリーヌも。

彼らはゲームのキャラクターではなく、一人一人が意志を持った人間だ。

勿論、人を恨むこともあるだろうし、悪事に手を染めることもあるかもしれない。

けれど辛い。

その悪意が自分に向けられたことが辛い。

今まで我慢してきた何かが、決壊したような気がした。

「う……ふっ……」

気が付くと、涙があふれていた。

人前で泣きたくなんてないのに、犯人を実際に存在する人間だと認識した瞬間にもうだめだった。

今まであの事件は、エヴァンジェリンを狙ったものだと思っていた。ホワイトフィールド侯爵を脅すために、卑劣な犯人が起こした犯行だと。

だが、そうではなかった。狙いは私で、巻き込まれたのはエヴァンジェリンの方だった。

分厚いガラスのステンドグラスを割るなんて、下にいる人間は普通死ぬ。助かっても、かなりの重傷を負うはずだ。

そしてそうしたいと思うほど、私を憎んでいる人間がこの世にいる。

その事実が辛い。

自分なりに頑張って生きているつもりなのに、何も悪いことなんてしていないのに、それでも恨まれている。

「シャーロット」

ジョシュアが、気遣わしげに私に手を伸ばす。

しかし誰かに触れられることが今の私には恐ろしく、思わずその手から逃げてしまった。

ジョシュアは一瞬、傷ついたような顔になる。

すぐにいつもの気難しい顔で覆い隠してしまったけれど、彼が確かに傷ついていることが私にはわかった。

こんな風にそんなつもりはなくても、誰かを傷つけてしまうことはいくらでもある。

今回のことも、そうだったのだろうか。私はいつの間にか犯人を傷つけていたのだろうか。

見知った人物であるだけに、犯人にその事実を指摘して裁きを受けさせることが、ひどく億劫だった。

私は今から、どうしてどれほど自分が恨まれているのかを確認しなければならない。

できることなら逃げたいが、それをしなければ今後もっといろいろな人に迷惑がかかる。今回はエヴァンジェリンだったが、次はこの三人の内の誰かが巻き込まれるかもしれない。

今回は怪我で済んだけれど、次は命に関わるかもしれない。

ぼろぼろ涙がこぼれて止まらない。

ジョシュアに手を避けてしまったことを謝りたいのに、言葉が上手《うま》く出てこない。

「ごめんなさい。巻き込んでしまってごめんなさい。エヴァンジェリン様も、皆さんのことも」

やっとでてきたのはそんな陳腐《ちんぷ》な言葉で。

こんなときに泣くような女にはなりたくなかったのに、やっぱり私はどこかで詰めが甘い。

「馬鹿ね」

そんな私に、エミリアが言い放つ。

「私がいじめても泣かなかったんだから、こんなことで泣くんじゃないわよ！」

あまりに予想外の台詞に、思わず唖然としてしまった。

そのときの私は、きっとあり得ないくらい間抜けな顔をしていたと思う。

「は？」

「エミリア！　お前というやつは！」

それぞれ、セリーヌとジョシュアの反応である。

やっぱり驚くよね。よかった、驚いているのが私だけじゃなくて。

とにかく、エミリアの斜め上を行く励ましのおかげで、どうしようもなく悲壮な気持ちはどこかに吹き飛んでしまった。

大分《だいぶ》変わったと思っていたけれど、やっぱりエミリアはエミリアだ。

「ふふっ」

私は思わず、吹き出してしまった。

「あはは！　そうですね。そうします」

私は目尻に残った涙を拭った。

そうだ今は、泣いているべきときじゃない。

私は自力で運命を切り開いた、自分自身を信じるべきだ。

「犯人が、わかったかもしれません。皆さん協力していただけますか？」

そう問えば、目の前の三人から力強い同意が帰ってきた。

「あたりまえだわ。今回の件でわたくしも随分煩わされたもの。生徒会を敵に回したらどうなるか、思い知らせねばなりません」

仕事を押しつけられたエミリアは、大分鬱憤《うっぷん》がたまっていたらしい。

「俺だって、無関係じゃない。協力するに決まっている。あやうくうちの国とサンサーンス王国の関係にひびが入るところだったんだ」

語気も荒く、セリーヌが言う。

確かに国という意味では、巻き込まれたシモンズ王国はいい迷惑である。

私は同意するように頷いた。

そしてジョシュアは――……。

「協力するのは構わない。だがまた以前のように、お前の身が危険に晒されるのならば同意はできない」

この返答は予想していなかったので、私は彼をまじまじと見つめた。

そんな私にジョシュアは、はあとため息をついた。

「お前は一体、一年の間に何度死にかければ気が済むんだ。俺がどんな思いをしたと思っている」

なにやら、随分と心配をかけたらしい。

確かにここしばらく、大きな怪我をし過ぎだとは自分でも思う。階段落ちに始まり、火事に巻き込まれ挙句に本棚の下敷きである。

自分のことでなかったらお祓《はら》いを受けろと思うレベルの運のなさである。

それはそれとして、私を心配してくれていたというジョシュアに思わず取り乱しそうになる。

今の私はもう、ジョシュアがただの親愛の情だけで心配してくれているわけではないと知っている。

さすがにキスまでされて、ジョシュアは友だち想いですねとは言えない。

「そ、それは……」

顔が熱くなって、上手く言葉が続けられなくなった。

ジョシュアはテーブルの下にあった私の手を握り、祈るように持ち上げた。

大きな手のひらだ。

「お前を心配する人間がいるということを、どうか自覚してくれ」

さすが元はゲームの攻略対象様である。

恋愛経験値が低めの私には、刺激が強すぎて上手く受け答えができない。

「おや、この反応は？」

「ふん。ようやく自覚したみたいですわね。まったく、じれったいったら」

先ほどまでの緊迫感はどこへやら。

エミリアとセリーヌが口々に言い合っている。こういうときだけ、やけに息の合う二人だ。

それにしてもエミリア。あなたはそれでいいのか。一応、ジョシュア攻略を邪魔するライバルキャラはあなたの役目だっただろう。

そんなこんなで、なんだかよくわからないうちに私の長い一日は更けていったのだった。

第六章　そして華麗なる結末を

私は制服を着て、校内を歩いていた。

空が橙《だいだい》色に染まっていく。美しい夕焼けだ。

使節団は今日、母国であるシモンズ王国に向けて旅立っていった。

エヴァンジェリン襲撃というアクシデントこそあったものの、使節団は残りの予定を滞《とどこお》りなく消化し、まるで何事もなかったように爽やかに帰っていった。

唯一エヴァンジェリンはセリーヌと共にサンサーンス王国に残りたがったが、体調も回復し旅に支障はないと判断されたため父親に引きずられるようにして帰っていった。

なお、依然としてエヴァンジェリンを襲撃した犯人は捕まっていない。

両国間の取り決めで、サンサーンス王国側は引き続き捜査を続け、シモンズ王国側も国内の敵対勢力を洗い出すことで犯人捕縛に繋げたい考えだ。

とはいえ、私の考えが正しいとすれば犯人はサンサーンス王国の人間であり、なおかつ私を狙う何者かである。

ではなぜ使節団が国を出るまでにその事実を公表しなかったのかというと、それにはある理由があった。
それは――……。

授業が終わった後、私は一人あの日事件があった図書館に向かっていた。

そこに、ある人物が現れたという連絡があったからだ。

使節団が帰国したことで事故の捜査は続いているものの、現場となった図書館への立ち入り禁止が解かれた。

立ち入り禁止のままでは授業に支障が出るというのが、その表向きの理由だ。

私は、このときを待っていた。

生徒会の権力を使えばもっと早くに立ち入り禁止を解除することもできたが、使節団の帰国と同時に解除した方が、犯人の気も緩むだろうと考えたのである。

実際、王宮から派遣されていた騎士たちも引き上げたので、校内は落ち着きを取り戻し始めていた。


もうすぐ卒業パーティーがある。

婚約者の決まっていない生徒たちはパートナー探しに忙しく、ひと月ほど前には校内で危険な事件が起こったことなど、すっかり忘れてしまったかのようだった。

こうしていると、当事者である私すらまるであの日のことが夢だったように思える。

エヴァンジェリンの上に覆い被さった後の記憶がないので、それも無理はないのかもしれないが。

なお、この計画を実行するに際しジョシュアの猛烈な反対があった。

だが、どうしても犯人に一人で会いたいのだと押し切った。

彼が犯人だという確信は、私がゲームの内容を知っているからこそである。

なので客観的な証拠を提示することはできないし、脅迫状に書かれた例の古代文字だけでは彼を犯人と断定することはできない。

一人で会うことで相手の油断を誘い、私は確固たる証拠を得なければならなかった。

では、どうして犯人がこの図書館に戻ってくると思ったのか。

それは、ステンドグラスを割るという大掛かりな犯行に関係している。

今回割られたステンドグラスは、経年に耐えられるよう分厚くそしてしっかりと固定されていた。

尽きない水瓶を持つ古《いにしえ》の女神。

それが割られてしまった今は、雨風が吹き込まないよう天井は板で塞がれている。

同様のものを仕立てるには山ほどの金貨と数年が必要とのことで、きっと私が卒業するまではこのままとなるだろう。

私は、足音を立てないようすり足で図書館の扉の前に立った。

犯人をおびき出すため、事前に校内には通知を出している。

曰《いわ》く、図書館は危険であるから近づかないこと。

そして、改修工事のため明日から蔵書の運び出しが始まること――……。

勿論、そんな事実はない。ステンドグラスの補修工事自体がいつになるかわからないのだ。運び出すにしてももっと先のことになるだろう。

だが、犯人はそのことを知らない。

ここには犯人にとって――いや犯人とゲームヒロインであるアイリスにとって、大切なものが保管されているはずだった。


大量の本の中に隠された、二人の交換日記。


迂闊だった。

ウィルフレッドもジョシュアもセリーヌも、アイリスの積極的なアプローチを受けながらも少しもなびかないので、アイリスのゲーム攻略はちっとも進んでいないのだと思っていた。

実際、アイリスはゲームのシナリオをきちんと把握してはいないようだった。だからこそ空回りを繰り返し、最後は実力行使に出たのだ。

だがそんな彼女にも、順当に恋を育てていた相手がいたとしたら？

その相手はきっと、私を憎く思うだろう。

彼女を蟄居《ちっきょ》にまで追い込んだのは結局のところ私である。

逆恨みには違いないが、相手にはそんなことは関係ないだろう。

例の脅迫状に書かれた古代文字を見た瞬間、忘れかけていたゲームの記憶がありありとよみがえってきた。

図書館の本棚に隠してヒロインと交換日記を交わし、古代文字を受け継ぐことができる攻略対象キャラクター。

私は大きく深呼吸をして、扉を開けた。

暗い室内に、西日が差し込む。

橙色が照らし出したのは果たして、私が思い描いていた通りの人物だった。

「クリフォード先生……」

そこには、事件の日の朝ホワイトフィールド侯爵が脅迫を受けていると私たちに告げた、教師のサイモン・クリフォードの姿があった。

◈ ◈ ◈

「おや、こんな時間にどうした？」

サイモンは何事もなかったように、そこに立っていた。眼鏡のレンズが光を反射して、表情はよく見えない。色素のない銀髪が夕日を浴びて、まるで血を被ったように見えた。

「先生こそ、どうなさったんですか？　図書館は今立ち入り禁止のはずですが」

素知らぬ顔をして、こちらも質問を返す。

「はは、授業にどうしても必要な資料があってね。運び出される前に取りに来たんだ」

その語調は明るく、後ろめたいことなんて何一つないように見える。

「そうなのですか。お手伝いしましょうか？」

「いや、もう見つかって帰るところだ。君も気を付けて帰りなさい」

そう言って、サイモンは帰り支度を始めた。

私は部屋の中に入り、そして後ろ手で扉を閉めた。

「本当に、よろしいのですか？」

図書館の中は薄暗い。無事だったステンドグラスからこぼれる光は、角度の関係かほとんどこちらには差してこない。

「何がだ？」

「お探しの本は、これだったのでは」

私はあらかじめ抜き取っておいた、交換日記をサイモンに見せた。

「どうしてそれを？」

薄闇の中で、サイモンの顔から表情が消えた。

この日記の存在は、持ち主である二人しか知りえないはずだった。アイリスとサイモンの二人しか。

けれど、それがどこに隠されているのか、ゲームをプレイした私は知っていた。

二人のプライベートに土足で踏み込むようで少しだけ気がとがめたが、こちらを殺そうとする相手にそんなことを言っている場合ではない。

私は事前にこの日記を回収し、中身を確認していた。

そこには二人がどのように親密になっていったかと、そしてアイリスが王都を去ってからのサイモンの恨みつらみが綴られていた。

はっきりいって、見なければよかったと思った。

脅迫状と同じ乱れた筆跡で書かれていたのは、いかに私を亡《な》き者にするかという計画の覚書《おぼえがき》だった。

様々な計画を検討した末、サイモンはステンドグラスを凶器として私を亡き者にする方法を思いついた。

他にいくらでも安全な方法はあったにもかかわらず、彼がステンドグラスを選んだ理由に尚更寒気がした。

「『女神の手によって、亡き者にしてやる。君という女神に逆らった報いを』」

日記の中の一文を、そのまま口に乗せた。

君とはアイリスのことだ。この日記のサイモンが記した部分は全て、アイリスに語り掛ける形式で書かれている。

サイモンはだからこそ、女神のステンドグラスを割ることにこだわったのだろう。

アイリスを女神と崇《あが》めていたからこそ。

「悪趣味だね」

そこまでしても、サイモンは決して取り乱さなかった。

だが、不自然なまでに表情が抜け落ちた顔は、彼が平素の状態ではないとあまりに雄弁に語っていた。

「自首してください」

用意しておいた台詞は、あまりにも空々しかった。

私が何を言ったところで、きっとサイモンには届かない。

「はははは！」

彼は笑い声をあげた。

やけに耳に障る笑い声だ。

「たったそれだけのことで、私が犯人だとでも？」

サイモンには、犯行がばれないという絶対的な自信があるようだった。

確かに、この日記に具体的な犯行の計画は何も書かれていない。ただ仄めかすような文言が並んでいるだけだ。

この世界の司法制度についてはそれほど詳しくないが、これだけで彼を犯人だと断定するのは弱いだろう。

だからこそ、私はここに一人でやってきた。

彼の油断を誘い、決定的な証言を得るために。

「そうですね。確かにこれだけでは弱いかもしれません」

そう言うと、私は日記をしまい今度は例の指示書を取り出した。

サイモンの表情に変化はない。

「これは、今回の使節団に加わっていたホワイトフィールド侯爵のご令嬢、エヴァンジェリン様に届けられたものです。わたくしをあのステンドグラスの下におびき出すようにと書かれています。図書館に来たことがないエヴァンジェリン様でもわかるように、詳細な見取り図が描かれています。これは学校の関係者でなければ、入手は難しいでしょう」

私とサイモンの距離は、普通に歩いて五歩ぐらいだ。

眼鏡をかけているサイモンに見取り図は見えにくいかもしれないが、彼は私の顔から視線を外さなかった。

こちらを威嚇しているのか、あるいは指示書など見ても無駄だとでも思うのか。

「驚いた。犯人はシモンズ王国の刺客ではなかったのかい？　君にも話したと思うが、使節団団長のホワイトフィールド侯爵は政敵から狙われていたんだ。その娘であるエヴァンジェリン嬢を狙うなんて卑劣な犯行だとは思うがね」

白々しいまでにしらを切られ、関心と呆れから思わず顔が引きつりそうになった。

思えば、事件前にその話を聞いたことによって、私やセリーヌは最初から犯人はシモンズ王国の人間と思い込んでしまった。

おそらくそのために、サイモンは事件当日の朝にわざわざ私たちを訪ねたのだろう。

「それに、その見取り図だったか？　それは言い換えれば、この学園の関係者にならば誰にでも描けるということだ。教師生徒は勿論、卒業生まで加えればこの国の貴族のほとんどが該当するのではないか？　勿論、出入りの職人や商人の可能性もあるだろう」

確かに、サイモンの言うとおりである。

貴族の子女であれば誰しもこの学校への入学が義務づけられているし、この学校ができる前の世代も、父兄として校内に立ち入ったことぐらいはあるだろう。

だが。

「では、こちらはどうでしょう？」

私は例の、古代文字が書かれた脅迫状を取り出し指示書の隣に掲げて見比べられるようにした。

「この二枚は、よく似ていると思いませんか？　紙の質感からインクの質、わざと書体を崩して書かれた文字まで……。偶然にしては、あまりにも似すぎていると思いませんか？」

残念ながら、この世界に指紋鑑定や公的な筆跡鑑定の組織は存在しない。

だから、一つ一つは証拠としては弱いかもしれない。

それでも。

「さっきから、君は一体何が言いたいんだ？」

「答えてください」

私はずいっと、一歩前に出てサイモンとの距離を縮めた。

身の竦む思いがしたが、一方で今を逃したら、もう二度とこんな風に直接話をする機会は得られなくなるだろう。

きっともう、平和的な教師と生徒の関係には戻れない。

向こうは平気でも、こちらが平気ではないからだ。

サイモンはわざとらしく大きなため息をついた。

「君が私を疑っているのはわかった。だが、あまりにも根拠が薄く客観性に欠けている。馬鹿馬鹿しい。忙しいので失礼するよ」

そう言って、彼は私の隣をすり抜け外に出ようとする。

私はサイモンの前に身を乗り出し、彼が外に出るのを止めた。

「まだ何か？」

不機嫌そうに睥睨《へいげい》してくる冷たい視線が、怖くないと言えば嘘になる。

「よく見てください。ここになにか文字のようなものが書いてありますよね？」

それは、ジョシュアが指摘した古代文字の部分だった。

ごく限られた人間しか知らない、古代文字とそれにまつわる神話。

奇しくもその星座がモチーフとなったステンドグラスからは、紫色に染まる空を窺うことができた。もう少しすれば、全ては宵闇に呑まれ本物の星座が夜空に浮かび上がってくるだろう。

「……わからないな。インクの染みではないか？」

脅迫状を覗き込んだうえで、サイモンはしらを切った。

だが、彼がこの文字を知らないということはあり得ない。

「いいえ。先生はご存じのはずです。ここに書いてある文字は、『女神に捧ぐ生贄』を意味する古代文字です」

あの日のジョシュアの言葉を、私は繰り返した。

面倒くさそうに対応していたサイモンの顔が、一瞬引きつる。

その変化を、私は見逃さなかった。

「先生は――現エバンズ侯爵とご兄弟の間柄ですね？」

追い打ちをかけるように、サイモンが隠している血脈の秘密を暴く。彼は侯爵の庶子であることを隠していた。私がそれを知っているのは、ゲームの知識があるからだ。

勿論、いい気持ちではない。人の秘密を暴くことの後味の悪さといったら。

けれど私は所詮《しょせん》、我が身がかわいい。たとえ誰かを追い詰めることになっても、自分の命の方が大切だ。

「突然なにを……」

「エバンズ侯爵家には代々、古代文字と女神の意匠が伝わっているはずです。ちょうどあそこにあったような、尽きぬ水瓶を持つ女神の意匠が――っ」

話の途中で、サイモンは突然扉を叩くように片手を押し付けた。

ばしりと鈍い音がする。

彼は私を自分の体と扉の間に閉じ込めると、狂気じみた目で私を見下ろし言った。

「一体、どこまで知っている」

押し殺された声音《こわね》は、先ほどまでの冷静な教師のそれではなかった。

古代文字と星座の意匠は、各攻略キャラクターの家の嫡男にのみ伝えられている。

サイモンは、庶子でありながらエバンズ侯爵家唯一の男子として、それらを教えられて育った。

だが彼が十五歳の年、正妻と死別した侯爵が娶《めと》った若い後妻が、奇跡的に男子を身ごもったのである。後妻は貴族の血筋であったため、サイモンの相続は立ち消えとなり、現在エバンズ侯爵家は後から生まれた彼の弟が当主を務めている。

行き場のなくなったサイモンは身に付けた知識を生かし、この王立学校に教師として採用された。

ゲームのプレイヤーは、サイモンのルートを攻略する際にこの話を知ることになる。

周囲の身勝手に翻弄《ほんろう》されたサイモンは、主人公と出会い徐々に心を許していく。

実際にアイリスとサイモンの間でどんな会話が交わされたのか、二人の関係性がどんなものであったのか、私は知らない。

おそらく交換日記を盗み見ただけでは、計り知れないものが二人の間にはあったのだろう。

だからこそアイリスを追い出した私が憎くて、それこそ殺したくなってしまうような。

すごむサイモンの顔を見上げながら、私はそんなことを考えていた。

「質問する前に、わたくしの質問にも答えてください。この古代文字を知っている人間はごく少数で、更に文面から考えてもこの脅迫状を送ることができたのはあなたしかいない。この両方に使われているインクも、調べれば同じ工房のものであると証明されるはず。ですからどうか、騎士に捕縛される前にご自分で名乗り出ていただきたいのです。シモンズ王国の使節団暗殺未遂容疑では死罪は免れませんが、伯爵令嬢殺害未遂として申し出れば命は助かりましょう」

捕まった後では、どんな言い訳も聞き届けられない。ホワイトフィールド侯爵に危害を加えようとしたということであればどんな理由があろうとも、外交関係上死罪は免れないだろう。

だが、私の命を狙ったものだと先に申し出れば、サイモンが貴族の血を引いていることも考慮されて命まではとられないはずだ。

自分の命を狙った相手の減刑を願うなんておかしいかもしれないけれど、顔見知りが自分のせいで死んだとあっては寝覚めが悪い。

私はサイモンに、どうかこの提案を聞き入れてほしいと強く願った。

だが――……。

「……同情のつもりか？」

いよいよ、彼の無表情の仮面は完全に剥がれ落ちた。

今目の前にあるのは、心底私を憎み軽蔑している男の顔だ。

「あのときもそうだった」

一体何を言い出すのか。

今度は私が虚をつかれる番だった。

「お前は圧倒的優位な立場からアイリスを批判し、言い訳すら許さず王都から追い出したのだ。まるで悪魔のような冷酷さで」

どうやらサイモンは、例の次期生徒会役員が発表された夜会でのことを言っているらしい。

公爵家で開かれたパーティーで、次期生徒会長として私の名が呼ばれると、アイリスは口汚く私を罵った。

確かにアイリスを油断させるために暗躍したことは認めるが、そもそも気に入らないからと私を殺そうとしたのはアイリスの方なのである。

なのにどうして私の方が悪魔と呼ばれなければならないのか。

ひどい徒労感が襲ってきた。結局私の厚意とか、気遣いなんていつも抱くだけ無駄で、こんな風に悪いように跳ね返ってくるばかりなのだ。

それにしても、こんなに身に覚えのないことで恨まれるなんて腹が立つ。

ならこの男は、私があのままアイリスに殺されればよかったとでも言いたいのか。

「お言葉ですが、アイリスを愛しているのならどうしてあなたが道を正さなかったのですか。彼女が罪を犯したのは事実です。彼女はただの罪人なのです！」

あんなものが、女神なんかであってたまるか。

もし彼女が神だというのなら、私は生きるためにその神に抗《あらが》い続けるだろう。

今こうして、サイモンの前に立ちふさがっているのと同じように。

「うぐっ！」

だがその言葉が、サイモンの逆鱗《げきりん》に触れたようだ。

彼は扉についていた手ともう片方の手で、私の首を絞めた。

気道が塞がれて、呼吸ができなくなる。酸素が供給されない苦しみと、首から下がちぎれてしまいそうな痛み。

目の前には、血走ったサイモンの目があった。

臓腑《ぞうふ》の奥から、凍り付くような寒気を味わう。そのときに悟った。私はこの先一生、目の前の男

とはわかり合えないだろうなということを。

別に、謝ってほしかったわけではない。

罪を償ってほしかったわけでもない。

ただ、罪を認めてほしかった。

だが、そんなものはやはり私の自己満足に過ぎず、話が通じない相手とはひたすらに距離をとるしかないのだと悟った。

今更そんなことを悟ったところで、この状況が打破《だは》できるわけではないし、ジョシュアにはやっぱり怒られるのだろうけれど。

酸欠のせいか。頭がぼんやりしてきた。

目の焦点が合わず、私の精神は苦しい現実から乖離《かいり》していく。

走馬灯のように、私はジョシュアの顔を思い出した。彼にキスされたとき、私はちっとも嫌ではなかった。そして、嫌ではなかった自分に戸惑った。

もっと、彼といろんな話がしたかった。

一緒にいろんなものを見たかった。

くだらないことを言い合いたかった。

たまには喧嘩《けんか》をして、いじけたあなたをなだめて仲直りがしたかった。

まだまだやりたいことがたくさんある。

数えれば両手では足りないほど。

一緒に見たい景色があって、交わしたい言葉があった。

心の底から、深くそう実感した。やはり人間は追い詰められると、自分の本当の願いがわかるものらしい。

「ごほっ」

新鮮な酸素を求めて喉が痙攣《けいれん》する。

ああいったい何度死にかければ、この世界は私に優しくなってくれるんだろう。


「いい加減にしろ！」


私でもサイモンでもない第三者の声が響き、その直後に目の前の出来事がまるでスローモーションのようにゆっくりと見えた。

私の首を絞めていたサイモンが、横にはじき飛ばされ視界からフェードアウトする。

油断した顔が殴られて変形するところまで、目の前でばっちり見てしまった。うーん、夢に出そうである。

「こんの馬鹿！」

扉から飛び出してきてサイモンを殴った何者かは、支えを失って崩れ落ちようとする私を器用に抱きかかえ衝撃を防いだ。

「ごほっ、ごほっ」

せき止められていた酸素が勢いよく気道に流れ込んできて、思わず咳込む。

苦しみで潤《うる》んでいた目から、生理的な涙が溢れ出した。

「シャーロット！」

私の顔を覗き込んで、名前を呼ぶ人がいる。

ああどうして、この世界に生まれたことを不幸だなどと思うことができただろう。

私はこの世界で、こんなにも大切にしてくれて、愛してくれる人に出会えたというのに。

前の世界に未練がないといえば嘘になるが、今帰れると言われても、私はきっとこの世界のこの人生を選ぶだろう。

「どうしてお前は、こんな無茶ばっかりするんだ！」

いつものように眉間に皺を寄せて気難しい顔をしているのに、私はジョシュアが悲しい顔をしているのだとわかった。

その夜の闇のような濃紺の瞳は、まるで迷子の子どものように不安げに揺れていた。

「ごめ……なさ……」

「喋るな！」

喋ろうとしたけれど、掠れて上手く声が出なかった。

伝えたいことはたくさんあるのに、私の体は思うように動いてくれない。

せめて最後の力を振り絞り、彼の白い頬に手を伸ばす。嫉妬したくなるくらいの、きめの細かい肌だ。

前にも、こんなことがあった気がする。

私は覚えていないけれど、例の火事から助け出されたときも、こんな風にジョシュアに抱えられていたに違いない。

なんだかんだで、いつも頼ってしまっている。

こんな風になる前は絶対に関わり合いになりたくないと思っていたのに、心の変化とはおかしなものだ。

でも、罵倒するだけしておいて、喋るなは酷いと思う。

「あ……り、がと……」

私だって、助けてくれてありがとうだとか、いつも迷惑をかけてごめんなさいだとか、言いたいことは色々あるのに。

すると、ジョシュアは驚いたように目を瞬かせ、そして悲しそうに顔を歪めた。

「やめてくれ。お前が殊勝にしていると不気味だ。いつものように、ふてぶてしくいてくれ」

まったくひどい言われようである。

年頃の女の子にふてぶてしいとか、たとえ事実でも言ってはいけないと思う。

さて、なんとか気力で目を開けていたものの、心身共にこのまま覚醒状態を続けるのは難しそうだ。

でも今意識を失ったりしたら間違いなく心配させるよなあと思いつつ、猛烈な瞼《まぶた》の重さに負けて私は意識を手放したのだった。

◈ ◈ ◈

目が覚めると、そこは見慣れた公爵家の客室だった。

他人の家の天井を見慣れているなんておかしな話だが、大怪我をするたびにここで目覚めるのでもう驚きもしなくなった。

ギギィと木の擦《こす》れる音がして、部屋の扉が開《あ》く。

そちらを見ると、見慣れたメイドが入ってくるところだった。

彼女は私が目を開けていることに気付くと、手に持っていた羽箒《はぼうき》を落としてしまった。

「ジョ、ジョシュア様を呼んでまいりますね！」

遂に、呼びに行く相手がエミリアからジョシュアになった。

まあ、エミリアを呼びに行ってもどうせ一番にやってくるのはジョシュアなので、どちらを呼びに行っても同じなのかもしれなかったが。

それにしても、一応知り合いとはいえ男性を呼んでくるというのなら、顔を洗ったり最低限の身支度をしたりさせてほしいものである。

ぼんやりとそんなことを考えながら、私は意識を失う前の記憶を手繰《たぐ》り寄せた。

確かサイモンに首を絞められたはずで、そこにジョシュアが殴り込んできたはずなのだけれどその後は一体どうなったのだろう

頭がぼんやりしていて、なかなか考えがまとまらない。

メイドが音もたてず、しかし素早く部屋の中に戻ってきた。ジョシュアを呼びに行ったはずだが、その近くに彼の姿はない。

「すぐお綺麗《きれい》にして差し上げますからね。少々お待ちくださいませ」

洗面ボウルを持ってきたメイドは、布巾を絞り私の顔を拭いてくれた。どうやら私の身だしなみにまで気を配ってもらえるらしい。

公爵家に来ると至れり尽くせりで世話してもらえるのでダメな人間になりそうだと思いつつ、私は彼女が事情を説明してくれるのではないかと期待した。

なにせ公爵家ではいつも世話されている、浅からぬ仲だ——と、一方的に思っている。

そうこうしている間に、今度はお医者様がやってきた。これまた顔見知りの、公爵家のお抱えのお医者様だ。

彼は私の首を診察しながら、困ったような呆れたような顔をしていた。

首に巻かれた包帯が少し息苦しく感じられる。

確かに、持病もないのにこんな頻繁にお医者様のお世話になる女はそうそういないと思う。最後には、あまり無謀な行動をしないようにというありがたいお言葉までいただいてしまった。

なんだか申し訳ない。

そして医師が去ると、今度はエミリアでもジョシュアでもなく、赤い髪を持つ紳士が現れた。年齢は四十手前ぐらいだろうか。髪の色がエミリアに似ているので、公爵家の関係者かもしれない。

寝室に見知らぬ男性が入ってくるなんて、はっきり言ってありえない話だ。

てっきりメイドが押し留めてくれると思ったのだが、彼女は紳士の顔を見ると逃げるように部屋を出て行ってしまった。

ベッドに寝かされた状態で、見知らぬ男性と二人きりにさせられるとは。

私は親近感を覚え始めていたメイドに心の中で助けを求めていたのだが、まだ以心伝心とはいかなかったらしい。

「やあ、淑女の寝室に入り込んで申し訳ない」

男は優雅にそう言うと、ベッド脇にある椅子に腰かけた。ゴブラン織のベストと、首に巻かれたモスリンのクラバットがいかにも上流階級といった装いである。本人はいかにもくつろいだ様子だが、こっちはちっともくつろげない。

「君とは、初めましてかな?」

病み上がりで逃げることもできず、私は小さく頷いた。

本来なら名乗るべきなのかもしれないが、相手が誰かわからない内は迂闊な行動はできない。

「そんなに警戒しないでくれ。この家の縁者だということは間違いない。ジョシュとも旧知の仲だよ」

ジョシュアを愛称で呼ぶということは、余程親しい人物なのだろう。

年齢的には叔父か従兄弟《いとこ》といったところだろうか。どちらにしても、公爵家の血縁であれば高位貴族には違いない。

だが問題は、彼が私の寝室にまでやってきたことである。

未婚の女性が、寝室で男性と二人きりになるなんて変な噂を立てられても文句は言えない。かろうじて密室ではないようにとの気遣いで扉が開けられているが、そんなことに気を使うくらいなら他の誰かがいるときに来てくれればよかったのにと思う。

「君は、たびたび公爵家に滞在しているようだね。何度も重い怪我をして治療を受けていると聞いたんだが、本当だろうか?」

どうやら、彼は私が何か意図があって公爵家に近づいているのではと疑っているらしい。

確かにエミリアとジョシュアには信じられないくらいお世話になっているし、そう疑われても仕方がない。

疑いというか、滞在しているのも治療を受けているのもどちらも事実だ。

「公爵家の方々には、大変お世話になっております。本当に申し訳なく――」

久しぶりに喋ったら、声ががさついていた。どうやら首を絞められて声帯を痛めたらしい。火事のときも煙を吸って酷い声になっていたので、私の声帯はなかなかにかわいそうである。

「いや、謝ってほしいわけじゃなくてね。ただどういうつもりなのかと。君は婚約者がいてもおかしくない年頃だ。伯爵に、ジョシュを落とすようにとでも頼まれているのかな？」

随分意地の悪い言い方だ。

ジョシュアやエミリアと親しくすることで他人にそう思われる可能性があることは自覚しているが、こうして真正面からそのことを指摘されたのは初めてである。

言われてみれば、確かに以前はエミリアの腰巾着《こしぎんちゃく》としてその命令に逆らわないようにと父に言いつけられていた。

けれど私はどちらかというと、その状況から脱するために生徒会に入ったのである。

ゲームのシナリオ通りになることを恐れてエミリアとは距離を取ろうとしていたが、なぜか思いもよらぬ方向に物事が転がって、こんなことになっているのだ。

大体、よく考えればわかるだろう。たとえジョシュアがどう思っていようとも、そして私がどう思っていようとも、私とジョシュアが結婚するなんて不可能だ。

そこには越えられない身分差という壁があって、しかも私は政務官になって実家から出ようとしている。

私達が一緒にいられるのは、同時期に生徒会に所属したという奇跡のような偶然があったから。

そんな奇跡がずっと続かないことぐらい、私にだってわかる。

「ご懸念《けねん》はもっともですが、わたくしは政務官を志しております。卒業後は実家とは縁を切るつもりでおりますので、公爵家の方々と親しくさせていただくのは一時的なことでしょう」

掠れた声でそう断じれば、相手は思いもよらない返答だったのか束の間黙り込んだ。

そして、何かを考えこむように眉間を揉み始める。

そんな頭が痛いみたいな反応をされても、こちらだって困ってしまう。

それにしても、このポーズにはなんだか見覚えがある。確か、私が思いもよらないことを言うと、ジョシュアもこうやって眉間を揉んでいるような――。

ぼんやりそんなことを考えていると、眉間を揉んでいたはずの男が小刻みに震え始めた。

「ふふ」

なんだろう。すごく不気味だ。

「はっはっは、まさかそうくるとは」

最初から隠す気などないようで、紳士は穏やかな仮面をかなぐり捨てて大口を開け笑い始めた。

「くくっ、傑作だ」

何がそんなに面白いのだろう。

私が呆れながらその様子を観察していると、どたどたと公爵家に似つかわしくない足音がこちらに近づいてきた。

扉が開いているからか、その音がよく聞こえる。

そしてその足音がこれ以上ないほどに大きくなった瞬間、扉の向こうからジョシュアが飛び込んできた。

「シャーロット、目が覚めただって⁉」

なんだかデジャヴだ。前にもこんなことがあったような気がする。

まあそのときには、こんな変な紳士はいなかったと思うけれど。

ところが次の瞬間、ジョシュアが発した一言に今度は私が頭を抱えることになった。

「――父上！　ここで一体何をしているのですかっ⁉」

◇ ◇ ◇

私を訪ねてきた紳士がジョシュアの父親だと知って、私は泡を吹いて倒れたくなった。

でも私はカニじゃないので、そう都合よく泡を吹くことはできない。

「随分と騒がしいな。淑女の寝室に許可なく入るなど失礼だぞ」

父上と呼ばれた紳士――ユースグラット公爵はいきなり常識人ぶって言う。

「そんなことより、どうして父上がこんなところにいるのですか！」

確かに、ユースグラット公爵ともなれば我が国の高位貴族である。宮廷内でもかなりの権力を持ち、国王の治世においては欠かせない人物と聞く。

というかそれ以前に、この公爵はゲームだと反乱を企て処刑されたはずだ。

娘であるエミリアや公爵に加担した私の父、それに私も、連座して処刑されるはずだったのだから。

そんな人物が、どうしてこんな場所で息子を揶揄っているのだろう。

「いやなに、偏屈な息子がとあるご令嬢にご執心と聞いてね、これは親としてはきちんと見極めねばなかろうと」

「な、なにを馬鹿なことを！」

ジョシュアが真っ赤になって怒鳴りつける。

公爵の前だと、ジョシュアも年相応の男の子の顔を覗かせるようだ。

なんて現実逃避をしている場合ではない。

私はさっき、公爵相手に何を言っただろうか。

問題になるようなことは言っていないつもりだが、付き合いが一時的だとか、まるで今だけ都合よく利用していると取られてもおかしくないじゃないか。

そんなつもりは微塵《みじん》もなかったものの、後から考え直すとどんどん不安になってくる。

そもそも相手が公爵様だというのに、私は名乗ることすらしなかった。

今からでも名乗るべきかと悩んでいると。

「大体お前、自分で選んだ相手と結婚したいとかいう割に、相手に了承の一つも取ってないんじゃないか。お父さんはがっかりだよ」

結婚。――結婚？

公爵の口から飛び出した言葉に、私は目を剥いた。

それはジョシュアも同じだったようで、言葉をなくしたジョシュアは口を開けたまま、父親を指さしてぶるぶると震えている。

「ルインスキー伯爵の娘だなんていうからどんな俗物かと思ったけれど、なかなかに堅実なお嬢さんじゃないか。うん」

なかなか好き勝手に言ってくれる公爵様だ。

それにしても、今の話の流れからするとジョシュアが結婚したい相手というのはやっぱり……？

ユースグラット公爵は、私の肩をぽんぽんと気安い様子で叩くと、言った。

「あんな小物と縁続きになるのは勘弁だから、結婚するときはどこか適当な家に養子に入ってもらおう。うん」

当事者の私たちが何も言えないでいるうちに、公爵は勝手に話を進めていく。

だが、ここでようやくジョシュアが戦線復帰した。

「と、ということは結婚を許してくださるのですか？」

いつの間にか、話は私とジョシュアの結婚話になっている。

なぜだ。

公爵は私にこれ以上関わるなと釘を刺しに来たのではないのか。

うちの父はご存じの通り、絵に描いたような俗物ですとも。

「ああ。よく弁《わきま》えたお嬢さんだ。大切になさい」

公爵の言葉に、ジョシュアは感極まったような顔をした。

そしてすぐさまその場に膝をつくと、呆然とする私の手を取って言ったのだった。

「シャーロット。父上の許しが出た。どうか、俺と結婚してくれ！」

いや、だから——どうしてほんとにこうなった？

エピローグ

今日は王立学校の卒業式だ。

卒業式といっても日本のそれとは違って、パーティーのような形式で行われる。

王立学校で学んだことの集大成として、自分が貴族として恥じない振る舞いができるということを披露するのである。

更にこの卒業式は政務官の青田買いの場、あるいは結婚相手を探す場としても機能しており、父兄だけでなく宮廷関係者やその他貴族も多数参加する。

なので会場である王宮は人でごった返すのだが、卒業生たちは胸に白い薔薇《バラ》を付け、それとわかるようになっている。

なお、基本的に在校生は卒業式に参加しない。

特例として参加が認められるのは、生徒会役員かあるいは卒業生にパートナーとして選ばれた者のみである。

国王の臨席もあるパーティーは華やかで、一度だけ参加した使節団歓迎のパーティーを思い起こさせた。

何度目かに死にかけたあの事件から、もう数カ月ほどになる。

幸いなことに私は後遺症も残ることなく、元気に生活している。

「ミス・ルインスキー」

呼ばれ慣れた名前に振り返ると、そこに立っていたのはシモンズ王国から学校に視察に来た使節団に同行していた政務官のジェラルド・リンフレットだった。

会うのは、あの事件以来だ。

「お久しぶりです」

私がカーテシーをすると、ジェラルドは人好きのする笑みを浮かべた。

この数カ月、事件の後始末だったり生徒会の仕事だったりで多忙を極めており、本当に矢のように時が過ぎた。

事件があったのはたった数カ月前であるというのに、なんだかひどく昔のことのように感じられる。

「いやあ本当に、あの事件は思いもよらないことばかりだったね」

まるで私の心を読んだかのように、ジェラルドが言った。

「ええ、本当に」

「犯人を呼ぶから帰国せずに待機していてほしいと連絡をもらったときには、ひどく驚いたものだが」

当時のことを思い出したのだろう。ジェラルドが笑う。

あの日、私は図書館にあらかじめサイモンを捕縛するための騎士と、そしてサイモンの自白を聞いてもらうための証言者としてジェラルドに来てもらっていた。

ではなぜ最初に飛び出してきたのがジョシュアだったのかというと、絶対に邪魔しないから同席させろという、有無を言わさぬジョシュアの圧力のせいだ。

結果としてジョシュアは決定的な証言が出るまで出てこなかったものの、私が気を失った後サイモンをタコ殴りにしたそうなのでなんだかなぁと思う。

いや、助かったのは本当だけれど。

「ジョシュア君がすぐに飛び出そうとするから、引き留めるのが大変だったよ。さすがに、サイモンが君の首を絞め始めたときはこちらも焦って放してしまったが」

当時のことを、ジェラルドはまるで昨日のことのように語る。

それほどまでに、彼にとってもとても衝撃的な出来事だったのだろう。

「まさかユースグラット公爵の子息が、あれほど喧嘩っ早いとはね。王宮だと殿下の傍で静かにしていることがほとんどだから、全く知らなかったよ」

ジェラルドがそう思うのも無理はない。今も彼は、卒業生の代表であるウィルフレッド殿下の傍で、周囲の喧騒《けんそう》など寄せ付けない姿勢を保っている。

彼がいてはウィルフレッドをダンスに誘うことができないという、女生徒の嘆きを今日だけでどれだけ聞いただろうか。

おかげで大した混乱もなく、このパーティーが進められていることには感謝だけれど。

「それで、サイモンは一体どうなったのですか?」

サイモンは捕縛こそされたものの、彼が犯人であると公表されることはなかった。

事件が他国の使節を巻き込んでいたことや、あろうことか被害者と思われていた人間の事件への関与が認められたからである。

事件は司法部ではなく外交部の領分となり、被害者である私にも今日まで犯人の処分は知らせられずにきた。

わかっているのは、学校に戻ってみるとサイモンが急病で教師の職を辞しており、あの事件について誰も口にすることはなくなったということだ。

「サイモンなら、ホワイトフィールド侯爵の預かりになったよ」

思わぬ返答に、驚きのあまり答えに詰まる。

「あちらからご提案いただいてね。サイモンは庶子で処分に困っていたから、正直こちらとしても助かった」

どうやら提案したのはシモンズ王国側らしい。

私利私欲で娘を害そうとした男をどうして引き取るのか、私は一層首を傾げねばならなかった。

だが、サイモンが遠いところにいるとわかって少しほっとしたのも、また事実だった。

殺したいほど自分を恨んでいる人間が、同じ街に住んでいるというのは大丈夫だとわかっていても空恐ろしいものがある。

「どうやらエヴァンジェリン嬢共々、みっちりしごかれているようだ」

サイモンに協力したエヴァンジェリンにホワイトフィールド侯爵は大層ご立腹で、驚いたことに自ら稽古をつけているとか。

稽古とは刺繍やお茶の淹《い》れ方などではなく、勿論剣の稽古だ。

娘だから甘やかしすぎてしまったので、これからは息子だと思ってしごくそうだ。指示書のことを知ったホワイトフィールド侯爵からの手紙に、そう書かれていた。

なんて無茶苦茶な論理だと思いつつ、肉体的に鍛えられればエヴァンジェリンのあの身勝手さも鳴りを潜めるだろう。

セリーヌのためにはこれでよかったのかなと、思わなくもない。

そしてそんなエヴァンジェリン共々しごかれているというサイモン。ゲーム知識によると彼はインドア派なので、鍛錬はきついと思うがそれでも命が助かっただけましかなと思う。

とにかく、ホワイトフィールド侯爵が見張っているのならばどちらももう大丈夫だろうという気がした。侯爵の筋肉には、無条件に人を信用させる不思議な効果があるようだ。

「君はあれからどうだい。進学したら正式に生徒会長だろう？」

この卒業式でウィルフレッド殿下が学校を卒業するので、私は名代ではなく正式に生徒会長に就任する。

私をよく思わない連中の攻勢が更に強まるかなという危惧《きぐ》はしていたが、意外なことにあれほど送られてきていた脅迫状は鳴りを潜めていた。

サイモンが送ってこなくなったほかに、セリーヌやエミリアが睨みを利かせてくれたのが大きな理由だろう。

また、私がメルバ侯爵家の養子になることと、ジョシュアとの婚約が内定していることが公になると、嫌がらせの類はほぼ全くと言っていいほどなくなってしまった。

嫌がらせをしていた人々の間に、いくらなんでも次期公爵夫人にそんなことをしてはまずいという理性が働いたものらしい。

やっぱりこんなところでも身分が物を言うのかと、呆れたような感心したような妙な気分だ。

「ミス・メルバ」

そのとき、今度は新しい名前で呼びかけられた。

執行部の生徒だ。この後の段取りで質問があったらしく、話を終えると行儀よく私たち二人にお辞儀して去っていく。

それを見ていたジェラルドは、苦笑していた。

「失礼。今はミス・メルバだったな」

まだ使い慣れない名前を、肯定しつつ小さく笑う。

「はい。メルバ侯爵家の養子に入りましたので」

メルバとは勿論、あのミセス・メルバのメルバである。

驚いたことにあの矍鑠《かくしゃく》とした女教師は、由緒正しき侯爵家を継ぐ女侯爵だった。といっても基本的に女性は爵位を継承することができないので、ミセス・メルバが女の身で侯爵位を持つのは次世代へ引き継ぐための特例なのだが。

そして、そのミセス・メルバには子がいない。

ゆえにメルバ侯爵家は、周囲から既に絶えたものと認識されていたのだそうだ。

だからこそ、王立学校で教鞭《きょうべん》をとるのがまさかその侯爵本人とは、誰も思っていなかった。勿論私も。

だが、ユースグラット公爵との面会の後、せっかちな公爵によってすぐさま私の養子先の選定が行われ、打診を受けたミセス・メルバが快くその役を引き受けてくださったのである。

私は本当に養子に入ることになったことと、ミセス・メルバが侯爵であったこと。そして彼女が私の身柄を引き受けてくれたことなど、何重にも驚く羽目になった。

なので現在は、実家を出てミセス・メルバの邸《やしき》で彼女と共に暮らしている。

指導は相変わらず厳しいが、実家にはなんの未練もないので今の暮らしがそこそこ気に入っている。

ジョシュアの卒業と同時に結婚が決まっているので、メルバ邸での生活も残りわずかなのが少し寂しいくらいだ。

それにしても、実家とは縁を切って政務官として身を立てるつもりだったのに、いつの間にか侯爵家の養子になっていたり結婚が決まったりと、急展開過ぎて私自身理解が追いついていない。

人生は本当に、思わぬ方向に転がるものである。

「惜しいな」

なんの前振りもなく、突然ジェラルドは言った。

「何がですか？」

「いや、君は政務官を目指していただろう？　卒業後はぜひ引き抜きたかったよ。だが公爵家に輿《こし》入《い》れするとなれば、それどころではないだろう」

政務官という職業を目指したのは、実家と縁を切って自活したかったからである。

けれど今、思わぬ理由で卒業前に実家を出ることができたし、自活をする必要もなくなった。

けれどそれは、政務官を諦めることと同義ではない。

「いえ、お義父《とう》さまに働く許可はいただいておりますので、遠慮なく引き抜いてくださいませ」

私がそう言うと、ジェラルドはひどく驚いた顔になった。

この話を聞いたときは、私も大層驚いたものだ。

ユースグラット公爵はかなり柔らかい頭をお持ちで、息子の嫁が外で働いても一向に構わないという。

私も公爵家にずっといるだけでは肩が凝ってしまうので、働いていいというのは正直ありがたい。

結婚を先走ったことを反省しているのか、ジョシュアも一応賛成してくれてはいる。

といっても、いくつか気になることはあるらしいのだが――。

「はは、それはいいね！」

ジェラルドはその表情を困惑から笑いに切り替えると、私に向かって手を伸ばした。

「では将来の同僚殿、一曲踊っていただけますかな？」

ちょうど曲が変わったところだ。ミセス・メルバの特別授業を受講したので、今ではどんな曲でも踊れるようになった。

けれど――……。

「ごめんあそばせ。わたくし、婚約者に止められているんですの」

苦笑しながらそう言うと、ジェラルドは目を丸くして遠くのジョシュアの様子を窺った。

パーティーでは普通、一曲ならば婚約者や配偶者以外とでも踊っていいことになっている。一人の相手と何曲も踊るのはマナー違反だが、挨拶代わりに一曲踊って社交界で顔を覚えてもらうのは貴族の重要な仕事でもある。

だが、このパーティーの前、ジョシュアは口を酸っぱくして私に言い聞かせた。

『頼むから、俺がいるパーティーで他の男と踊らないでくれ』

どうやら彼は、私が他の男と踊るのを見るのが大変苦痛なようなのである。

この話をしたら、セリーヌは大笑いしていたしエミリアは呆れていた。

基本ブラコンのエミリアを呆れさせるなんてよっぽどだ。

更に、ジョシュアの願いを受け入れた私もまた、盛大に呆れられた。

確かに私だって、ダンスを踊ることぐらい普通だというのはわかる。別に踊りたくないわけでもない。

けれど普段は気難しい顔を崩さないジョシュアに、少し困ったような顔で頼まれると嫌とは言えなくなってしまうのである。

ダメだなあと思いつつ、なぜかくすぐったい気持ちになる。

「はっはっは！」

ジェラルドは普段の人当たりのいい笑みではなく、大きな口を開けて笑い声をあげた。

見ればお腹を抱えているし、目尻の涙まで拭っている。

「これはいいや。次期ユースグラット公爵が婚約者にぞっこんだなんてね」

彼は周囲をはばかることなく、体をゆすって笑っている。そんなに笑われると、流石にこちらも恥ずかしい。

「やめてください。笑い過ぎですよ」

小さな声で苦情を言うと、彼はくつくつと収まらない笑いで喉を鳴らしながら言った。

「では、卒業後の進路は我が外交部で予約させてもらおう。君の将来が楽しみだ」

そう言うと、彼はダンスのためではなく握手のために、右手を差し出した。

さすがに握手くらいいいだろうと、私も彼の手を握る。

「ありがとうございます。こちらこそ楽しみに待っておりますわ」

笑みを交わした後、ジェラルドの乾いた手はすぐに離れていった。

「いけない。君の旦那がこっちを睨んでいるな。邪魔者は退散しよう」

「あの……まだ旦那というわけでは……」

なんとなく気恥ずかしい気持ちになりながら否定すると、ジェラルドは満面の笑みを浮かべて去っていった。

ジェラルドの言葉は本当だろうかとジョシュアを盗み見れば、なんとウィルフレッドと話していた彼がこちらに近づいてくるじゃないか。

主君命のジョシュアがウィルフレッドから離れるなんて、それだけで異常事態である。

私はその場に立ちながら、どうしようかと思案した。

なにせ彼は、どう見てもこちらに向かってきているからだ。

私はだんだんと大きくなるジョシュアを見つめながら、ジェラルドの言葉が真実であったと悟る。

こんなことで、本当にこれから彼の妻として上手くやっていけるのだろうか。

気恥ずかしい気持ちになりつつも、未来の夫が近づいてくるのを、じっと立って待ち続けた。

心地いいざわめきの中で、ふと使節団を迎えたときのパーティーが脳裏によみがえる。

あのときはまさか、ジョシュアとこんなことになるなんて思ってもみなかった。

エスコートしてくれる腕から手を放し、何度も離れようとしたっけ。

ゲームから外れたモブの人生は、なかなかに面白い。

これからも大変なことは多いだろうけれど、私はこの人生を彼と歩んでいく。

そう考えたら我慢しきれなくなって、私はジョシュアに向かって一歩足を踏み出した。

きっと彼となら、どんな困難だって乗り越えていけるに違いない。


「一体何を話していたんだ？」

去って行くジェラルドの背中を睨みながら、不機嫌そうにジョシュアが言った。

出会ったばかりの頃なら怒られていると感じただろうが、今は彼がジェラルドに嫉妬しているのだとわかる。わかってしまう。

思わず頬が熱くなり、それが顔に出ているのかジョシュアの眉間の皺が更に深くなった。

「まさか……今更あの男が良いとか言い出すんじゃないだろうな？　お、俺がどんな思いで！」

またも一人で暴走しそうになっているジョシュアの口を、私は両手で塞いだ。

普段は冷静なのに、どうして恋愛沙汰になると途端に察しが悪くなってしまうのだろうこの人は。

――まあ、そんなところもかわいく思える私もどうかと思うが。

「ジェ、ジェラルド様が……」

さすがに恥ずかしいので、私は背伸びをして彼の耳に囁《ささや》いた。

「あなたのことを私の旦那だと言ってからかったからです。私が照れているのは、あなたのせいですわ」

どんな反応が返ってくるだろうかと緊張していたのだが、しばらくジョシュアは黙ったままなんの反応も見せなかった。

「ジョシュア様……？」

たっぷり一分。うんともすんとも言わないのでさすがにおかしいと思い、二の腕をぽんぽんと叩いてみる。

するとまるで銅像のようになっていたジョシュアの体がぐらりとよろめき、そのまま後ろに倒れた。

「え！」

「おい、大丈夫か？」

異変に気づいたウィルフレッドが駆け寄ってくる。エミリアに、セリーヌも。

「お兄様？」

「一体どうなさったの」

図らずも、新旧の生徒会の面々が顔をそろえたことになる。一人でも大変目立つ人たちだ。ジョシュアが倒れたという異常事態も相まって、周囲にはあっという間に人だかりができた。

一方、騒ぎの現況はといえば。

「だめだ、かわいすぎる……」

両手で顔を押さえて、ぶつぶつこんなことを呟いていた。

本気で心配して損した。

「お前は本当に、しょうがないな」

「ええ、まったく」

ウィルフレッドがジョシュアに手を貸して起き上がらせると、セリーヌが心底呆れたようにため息をついた。自慢の兄だがさすがにこれはフォローできなかったらしく、エミリアがなんとも言えない顔でそれを見ている。

私は不意に、その光景がおかしくて笑い出してしまった。

そんな私を、驚いたように四人が見つめる。

最初はこんな風になるなんて、予想もできなかった。ゲームのキャラクターたちとできるだけ距離を取ろうとしていたのに、今では近くにいることが当たり前で、安らぎすら覚える。

やがて、私につられたようにジョシュアを除いた三人が笑い出す。もちろんとても上品に、だけどとびきり綺麗に。

不可解そうにしていたジョシュアも、やがて困ったように笑みを浮かべた。ちょっと情けないけれど、普段の冷たい顔より全然いい。

私はその笑顔を、ずっと見ていたいと思った。

番外編　悪役令嬢はかく語りき

私の名前はエミリア・ユースグラット。

国一番の名門貴族であるユースグラット公爵家の長女よ。幼い頃から、何一つ不自由することなく育ってきたわ。

望むものは、なんでも手に入った。

綺麗なお花も、甘いお菓子も、素敵なドレスも宝石も。

けれどいつも、物足りなさのようなものを感じていたような気がするの。

めったに顔を合わせることのない両親。優秀だけれど、どこかよそよそしいお兄様。そして、いつも引き攣《つ》った笑みを浮かべながら、何を命じても嫌とは言わない〝お友だち〟。

誰も、私と向き合ってくれていると感じることがなかった。

たくさんの人に囲まれているのに、私はなぜか孤独だった。

だからこそ、あれほどたくさんのわがままを言い、周囲を困らせていたのかもしれない。もちろん、そんなことは言い訳にもならないのだけれど。

それに当時の私は、そんなこと考えもしなかった。自分がわがままを言っているという自覚すらなかったの。

なら、どうしてそれに気付いたのかですって？

それは――あの娘のせいね。

シャーロット・ルインスキー。

いつもお父様に媚《こ》びへつらっている伯爵の娘で、学校に入る前から私の遊び相手としていつの間にか傍にいた。

常に何かに怯えて、びくびくしているような子だった。柔らかそうな亜麻色の髪に、空の色みたいな瞳の色。けれど綺麗な色の目にはいつも私を怖がっている色があって、怖いなら近寄らなければいいのに、父親に言われて嫌々私のところに来ているのが丸わかりだった。

だから私もイライラして、彼女には特に色々なわがままを言ったわ。もう細かくは覚えていないけれど。

そんなある日、あの子が階段から落ちたの。

原因は、私がした〝お願い〟のせい。ばれないようにウィルフレッド殿下を見張るよう言ったら、ばれそうになってあの子、階段から落ちちゃったのね。

いくら両親が私に無関心だとは言え、さすがに友だちを使って王太子を追いかけさせたなんて知られたら怒られてしまうわ。

だから私、それがばれるのが怖くて、彼女のお見舞いにも行かなかったの。

わかってる。あの頃の私は最低だった。もう子どもだなんて言い訳は通用しない歳《とし》よ。

自分のしたことの責任もとれない、そんな子どもだったの。

結局、うちでシャーロットが体を休めている間、一度も会いには行かなかった。一度お兄様に見舞いには行かないのかと尋ねられたけれど、そのときはどうしてお兄様がそんなことを聞いてくるのか不思議に思ったものよ。

とにかく、大事なのはシャーロットがその事件の後。まるで別人みたいに変わってしまったことの方よ。

今まで学校でもしつこいぐらい私に付きまとっていたのが、一切顔を見せなくなったの。

初めはあまり気にしていなかったのだけれど、学校には顔を見せているらしい話や、真面目に授業に出席した上特別授業まで受けているらしい話を周りの〝お友だち〟から聞くと、一体どういうつもりなのかと気になって仕方がなくなってしまったの。

思えばあのときが、運命の分かれ道だったと思う。

はっきり私と決別しようとしたシャーロット。けれど私は、目を開かれる思いだった。そしたら彼女のことが気になって、気になって仕方なくなってしまったの。

それにそれまでさぼりがちだった授業にも、興味が出た。幼い頃から家庭教師に学んできたから今更必要ないと思っていたのに、真面目に出席してみれば新たに知ることが多くて驚いたの。

教える先生によって、こんなにも違いがあるのだと驚いたわ。家庭教師は公爵家にとって都合のいいことしか言わないけれど、学校の先生方はそうじゃなかった。

さすがにミセス・メルバの特別授業は、あまりの厳しさに辟易《へきえき》したのだけれど、取り組んでいくうちにどんどん自分が変わっていくのがわかった。

そしてそれは私だけじゃなかった。以前のシャーロットと同じように私についてくるだけだった〝お友だち〟も、授業を受ける中で少しずつ自分の意見を言ったり、所作や雰囲気が美しくなっていったりしたの。

中にはそれで婚約が決まったという方もいて、ウィルフレッド殿下に焦がれていた私は一層真剣に授業に取り組むようになった。

美しさが見た目だけのものではないのだと、私はそのとき初めて知ったの。

だって目的を持って邁進《まいしん》し続けるシャーロットの姿は、見た目は変わらないはずなのに確かに美しかったのだもの。

そしてその頃からかしら。殿下のこと以外何事にも無関心でいらしたお兄様が、突然シャーロットに興味を持ち始めたのは。

私に話しかけてくることなんてほとんどなかったのに、突然部屋に訪ねてきたと思ったらシャーロットがどんな娘なのかと尋ねてきたり。

あれには本当に驚かされたわ。

だってそれまでのお兄様は、女性に興味を抱くどころか女性そのものを毛嫌いしていらしたもの。

ここだけの話、お母様はお兄様の殿下への執着が本当に忠誠心だけなのかと、疑っていらしたの。

だってお兄様ときたら、殿下第一で自分の婚約者すらろくに決めない有様だったのですもの。

私もきっと、以前の私ならお兄様がシャーロットに興味を持つなんて許せなかったと思うの。

家族である私にすら冷たいお兄様が、貧乏伯爵家のシャーロットに興味を持つなんてありえないわ！　——と。

でも、そのときの私は違ったの。

お兄様がシャーロットに興味を持ったと知って、嬉しかったのよ。

だって私も、もう一度シャーロットと友だちになりたいと思ったのだもの。それは親に決められた〝お友だち〟ではなくて、互いに心を許せる友だちになりたいと思ったの。

それから、シャーロットが火事で死にかけるという驚くような事件が起きて、お兄様が息も絶え絶えの彼女を我が家に連れ帰ったときにはそれは驚いたものよ。

彼女が目を覚ますまでの間、私は何度も彼女が眠っている部屋に様子を見に行ったの。

おかしなものよね。私のせいで彼女が階段から落ちたときには、一度もお見舞いに行かなかったというのに。

この短期間での心の変わりように、きっと一番驚いていたのは私自身だわ。

それに彼女の様子を見に行っていたのは私だけじゃなくて、彼女を連れ帰ったお兄様もなのよ。

シャーロットが眠っている間ずっと落ち着かないで何度も様子を見に行っているものだから、うちの屋敷ではすっかりお兄様がシャーロットにご執心だってばれてしまったの。

お兄様も、隠す気なんてなかったようだし。

お母様は、お兄様はちゃんと女の子が好きなのだと安心してらしたわ。

そして目を覚ました彼女の話から、アイリス・ペラムという女性の驚くべき行動を知ったの。だから彼女をあぶりだすために一芝居打つという話にも、すぐに乗ったわ。

パーティーで次期生徒会役員を発表すれば、必ず彼女が反発するとシャーロットは確信していたみたい。

けれどいくらお芝居とはいえ、適当な人間を次期生徒会役員だと発表するわけにはいかないわ。

ウィルフレッド殿下は、初めから次の役員はシャーロットに任せたいとおっしゃっていた。

生徒会の手伝いをしていた私とセリーヌは、もちろんそれに賛成だったわ。

だってシャーロットがいなければ、犬猿の仲だった私とセリーヌが肩を並べて仕事をするなんてことも、もちろんなかったのですもの。

そうそう。このときに実はセリーヌは男なのだと聞かされて、それは驚いたのよ。

だってあの方、証明するためにドレスを脱ごうとするのだもの。なんて破廉恥《ハレンチ》なのかしら。

それにしても私、男性とウィルフレッド殿下の婚約者の座を競っていたのねと思ったら、なんだか無性におかしくなった。

とにかく、私たちはウィルフレッド殿下の意見に賛成だった。確かに身分としては私とセリーヌの方がシャーロットよりも高いけれど、だからといって私たちが変わるきっかけをくれた彼女が私たちの下になるというのは、どうしても納得がいかなかったの。

それに、いくら和解したとは言えセリーヌの下で働くのはちょっとね。尤《もっと》も、それはお互い様だったのでしょうけれど。

そういうわけで、私たちは作戦を立てたの。それは、お芝居を本当にしてシャーロットに生徒会長をしてもらおうという作戦よ。

だってあの子、そんな小細工でもしないと自分が生徒会長なんてとか言って辞退しそうだったんですもの。

こうなると、生徒たちの前で次期生徒会役員を発表するというのは私たちにとっても好都合だった。生徒が混乱するから役員を変えるべきではないと言えば、お人好しの彼女のことだもの、きっと生徒会長を引き受けてくれると思ったの。

そしてシャーロットの予想通り、アイリスは発表された生徒会役員に異議を唱えた。

彼女の図太さには驚かされたわ。少し前までウィルフレッド殿下にちょっかいを出す嫌な娘ぐらいの印象しかなかったけれど、彼女の言い分はあまりに支離滅裂で見ているこちらが恐ろしくなるほどだった。

顔はかわいくても、態度によっていくらでも醜悪になるのだと私はまたしても教えられたわ。

正直わがままばかり言っていた頃の私は、自分の意見を押し通そうとする彼女に少し似ていたかもしれないわね。

無茶を言われる側になって、ようやくその醜さに私も気付いたのよ。

ところで、それからシャーロットとお兄様がどうなったかという話なのだけれど。

私はてっきり、お兄様がその気ならすぐに婚約でもなんでもするだろうと思っていたの。

だってシャーロットの父親がまさかお兄様からの結婚の申し込みを断るはずがないし、シャーロット自身まんざらでもなさそうに見えたから。

問題はうちの両親が伯爵家の娘であるシャーロットを受け入れられるかということなのだけれど、少なくともお母様に関してはお兄様が女性に興味を持っただけで感激してらしたから、無下にすることはないと思ったわ。あとはお父様に関してだけど、それはお兄様自身がどうとでも説得するだろうと思っていたの。

ところがシャーロットときたら……。

あろうことか、パーティーに一緒に行く相手がいないなんて、私たちに相談してきたのよ！

どうしてそこで最初にお兄様の名前が出てこないのかと、私は唖然としたわ。勿論、セリーヌも同じことを考えていたでしょう。ええ、絶対に！

シャーロットがお兄様以外の男性とパーティーに行くなんて、むしろお兄様本人が許すはずがないのに、私は眩暈《めまい》がしたわ。

それで気付いたの。このシャーロットという娘は、自分の恋愛についてはてんで疎いのだということに。

他人のことに関しては驚くほど聡《さと》いくせに、おかしなものね。

とにかく、適当な相手とパーティーに出席されてはたまらないと思った私は、エスコートの相手はこちらで用意すると言い切って慌ててお兄様に使いを出したの。

そしたらお兄様は慌てて城からお帰りになって、私から何があったのか詳しく聞き出すと、すぐにシャーロットのドレスを手配していたわ。

お兄様もお兄様よ。

シャーロットが王宮のパーティーに招待されると知っていたはずなのに、どうしてすぐにエスコート役を申し出なかったのかしら。

どうせ忙しいとかいろいろ理由をつけて、先延ばしにしていたに違いないわ。

だってお兄様ときたら、シャーロットのことに関してはひどく臆病ですぐに口ごもってしまうのだもの。ほんと、いつもの態度からは考えられないことよ。

長くなったけれど、私はシャーロットに感謝しているのよ。

本当の私に気付かせてくれたこと、新しい世界を見せてくれたこと。

それに――お兄様がこんなに面白い方なのだと、教えてくれたことに対してね！

これから先も、彼女といると退屈しないで済みそう。それはきっとわがままばかり言っていたあの頃より、何倍も充実した日々に違いないのだわ。

婚約破棄をした令嬢は我慢を止めました

著：棗《なつめ》　イラスト：萩《はぎ》原《わら》 凛《りん》

　公爵令嬢ファウスティーナは王太子ベルンハルドに婚約破棄されてバッドエンドを迎えてしまう。次に目覚めると前回の記憶と共になぜか王太子に初謁見した時に戻っていた。

　今回こそは失敗しないために『我慢』を止めて、自分の好きなことをして生きていこうと決意するファウスティーナ。

「私は王太子殿下と婚約破棄をしたいの!!」

　でも王太子が婚約破棄してくれず兄や妹、更に第二王子も前回と違う言動をし始める。運命の糸は前回よりも複雑に絡み始めて!?

　ＷＥＢで大人気!!　前回の記憶持ち令嬢による、恋と人生のやり直しファンタジー！


詳しくはアリアンローズ公式サイト https://arianrose.jp/

アリアンローズ　検索

ArianRose
アリアンローズ

アリアンローズ既刊好評発売中!!

最新刊行作品

まきこまれ料理番の異世界ごはん　全3巻
著／朝霧あさき　イラスト／くにみつ

薬草茶を作ります～お腹がすいたらスープもどうぞ～　全3巻
著／遊森謡子　イラスト／漣ミサ

脇役令嬢に転生しましたがシナリオ通りにはいかせません!　①～②
著／柏てん　イラスト／朝日川日和

騎士団の金庫番　①～②
～元経理OLの私、騎士団のお財布を握ることになりました～
著／飛野猶　イラスト／風ことら

ようこそ、癒しのモフカフェへ!　①～②
～マスターは転生した召喚師～
著／紫水ゆきこ　イラスト／こよいみつき

身代わり伯爵令嬢だけれど、婚約者代理はご勘弁!　①～②
著／江本マシメサ　イラスト／鈴ノ助

婚約破棄をした令嬢は我慢を止めました　①
著／棗　イラスト／萩原 凛

二人のライバル令嬢のうち〝ハズレ令嬢〟に転生したようです。
～前世は病弱でしたが、癒しの魔法で今度は私が助けます!～
著／木村 巴　イラスト／羽公

コミカライズ作品

悪役令嬢後宮物語　全8巻
著／涼風　イラスト／鈴ノ助

誰かこの状況を説明してください!　①～⑨
著／徒然花　イラスト／萩原 凛

魔導師は平凡を望む　①～㉖
著／広瀬 煉　イラスト／⑪

観賞対象から告白されました。　全3巻
著／沙川 蜃　イラスト／芦澤キョウカ

ヤンデレ系乙女ゲーの世界に転生してしまったようです　全4巻
著／花木もみじ　イラスト／シキユリ

転生王女は今日も旗を叩き折る　①～⑥
著／ビス　イラスト／雪子

お前みたいなヒロインがいてたまるか!　全4巻
著／白猫　イラスト／gamu

侯爵令嬢は手駒を演じる　全4巻
著／橘 千秋　イラスト／蒼崎 律

ドロップ!! ～香りの令嬢物語～　全6巻
著／紫水ゆきこ　イラスト／村上ゆいち

復讐を誓った白猫は竜王の膝の上で惰眠をむさぼる　全5巻
著／クレハ　イラスト／ヤミーゴ

隅でいいです。構わないでくださいよ。　全4巻
著／まこ　イラスト／蔦森えん

悪役令嬢の取り巻きやめようと思います　全4巻
著／星窓ぽんきち　イラスト／加藤絵理子

乙女ゲーム六周目、オートモードが切れました。　全3巻
著／空谷玲奈　イラスト／双葉はづき

起きたら20年後なんですけど!　全2巻
～悪役令嬢のその後のその後～
著／遠野九重　イラスト／珠梨やすゆき

平和的ダンジョン生活。　全3巻
著／広瀬 煉　イラスト／⑪

転生しまして、現在は侍女でございます。　①～⑥
著／玉響なつめ　イラスト／仁藤あかね

自称平凡な魔法使いのおしごと事情　シリーズ
著／橘 千秋　イラスト／えいひ

聖女になるので二度目の人生は勝手にさせてもらいます　全3巻
著／新山サホ　イラスト／羽公

魔法世界の受付嬢になりたいです　全3巻
著／まこ　イラスト／まろ

異世界でのんびり癒し手はじめます　全4巻
～毒にも薬にもならないから転生したお話～
著／カヤ　イラスト／麻先みち

冒険者の服、作ります!　①～③
～異世界ではじめるデザイナー生活～
著／甘沢林檎　イラスト／ゆき哉

妖精印の薬屋さん　①～③　※3巻は電子版のみ発売中
著／藤野　イラスト／ヤミーゴ

どうも、悪役にされた令嬢ですけれど　全2巻
著／佐槻奏多　イラスト／八美☆わん

王子様なんて、こっちから願い下げですわ!　①
～追放された元悪役令嬢、魔法の力で見返します～
著／柏てん　イラスト／御子柴リョウ

脇役令嬢に転生しましたがシナリオ通りにはいかせません! 2

*本作は「小説家になろう」公式WEB雑誌『N-Star』(https://syosetu.com/license/n-star/)に掲載されていた作品を、大幅に加筆修正したものとなります。
*この作品はフィクションです。実在の人物・団体・事件・地名・名称等とは一切関係ありません。

2021年4月20日　第一刷発行

著者 ………………………………………… 柏てん
©KASHIWATEN/Frontier Works Inc.
イラスト ………………………………………… 朝日川日和
発行者 ………………………………………… 辻 政英
発行所 ………………………… 株式会社フロンティアワークス
〒170-0013　東京都豊島区東池袋3-22-17
東池袋セントラルプレイス5F
営業　TEL 03-5957-1030　FAX 03-5957-1533
アリアンローズ公式サイト　https://arianrose.jp/
装丁デザイン ………………………… ウエダデザイン室
印刷所 ………………………………… シナノ書籍印刷株式会社